Le Baiser Bleu Cobalt

*« Un brin de magie
Qui vous fera croire au destin
et au véritable amour. »*

Une romance paranormale dans l'univers de la Sorcière Égarée.
LES VAMPIRES D'EMBERBURY
Eva Alton

Titre original : *A Winter's Cobalt Kiss*

« Quand il suffit d'un baiser
pour faire tourner le monde... »

Alors que le monde s'apprête à entrer dans un nouveau millénaire, le vampire Clarence reçoit pour mission d'empêcher la fin du monde la veille du Nouvel An. Le problème ? Il ne prend pas la menace très au sérieux, et même s'il le faisait, il aurait besoin de l'aide d'une sorcière pour réussir…

Alba revient à Emberbury pour Noël, et sa vie est sur le point de basculer lorsqu'elle rencontre Mark Andersson, sans doute le garçon le plus convoité de l'université. Serait-il son âme sœur tant attendue ? Dans sa famille, les femmes sont dotées de pouvoirs magiques... alors pourquoi Alba, elle, est née sans aucun don ?

Cette nouvelle est une douce romance paranormale faisant partie de la série Les Vampires d'Emberbury. Elle peut être lue au début ou à la fin de la série, car il s'agit d'une histoire indépendante.

AUTRES LIVRES DE L'AUTEURE :

Les Vampires d'Emberbury :

Livre 1 – La Sorcière égarée
Livre 2 – Le Miroir de la Sorcière
Livre 3 – La Mascarade des Sorcières
Livre 4 – Les Éléments de la Sorcière

Les sorcières d'Ibiza :

- Livre 1 : Iris – Sortilège de Sang
- Livre 2 : Selena - La Lune des Loups
- Livre 3 : Mina - Les Esprits de L'Ombre

— Ma chère Matilda, dit Heinrich après un long
baiser, j'ai l'impression de rêver que tu sois mienne ;
mais ce qui me paraît encore plus stupéfiant,
c'est que tu ne l'aies pas toujours été.
— J'ai l'impression, dit Matilda,
de t'avoir connu
il y a très, très longtemps.
— Peux-tu donc m'aimer ?
— Je ne sais pas ce qu'est l'amour ; mais je peux te dire
que je me sens
comme si je commençais à vivre maintenant, et je suis si
dévouée
que je mourrais en cet instant pour toi.
— Ma Matilda, je comprends maintenant pour la
première fois
ce que signifie être immortel.

~ Novalis, Heinrich von Ofterdingen

Chapitre 1

Clarence

Jean-Pierre se tenait sous le gui, comme la nuit précédente. Il était là, immobile, depuis environ vingt-six heures, attendant qu'une victime passe pour l'embrasser. Mais aussi tragique que cela puisse paraître, nous avions plusieurs entrées alternatives pour accéder à cet endroit secret sous le cimetière que nous appelions affectueusement Le Cloître, et tous les occupants avaient commencé à les utiliser dès que Jean-Pierre avait décidé de monter la garde sous le gui. Nous n'étions pas nombreux, les vampires résidant dans les catacombes à la fin des années 90, ce qui influençait la pénurie déprimante de volontaires pour l'embrasser. Et, à en juger par la façon dont tout le monde regardait Jean-Pierre, je doutais qu'il trouve une candidate avant le prochain millénaire.

Francesca apparut de l'autre côté des larges couloirs de marbre. Quand elle marchait, ses amples jupes de satin frôlaient les murs, émettant un doux sifflement qui était le seul indice capable de trahir sa présence.

— Tu es rentré tôt aujourd'hui, mon cher, me dit-elle, laissant les longs rubans de ses cheveux danser et s'enrouler nonchalamment autour de mon coude tandis qu'elle m'étreignait.

Je regardai l'horloge murale accrochée au-dessus du canapé : il était cinq heures de l'après-midi, mais l'obscurité était déjà tombée sur Emberbury. Les jours devenaient opportunément courts à l'approche du solstice d'hiver, ce qui nous accordait, à nous autres suceurs de sang, l'opportunité de passer plus de temps à l'extérieur.

— Bonsoir, répondis-je, inhalant le parfum d'œillets qui remplissait toujours la pièce quand elle faisait son apparition. M'accompagnerais-tu dans une petite aventure ?

Je lui fis un clin d'œil, mais elle pinça les lèvres en réponse. Cependant, l'éclat interrogateur de ses yeux bleus trahit que j'avais capté son attention.

— Ça dépend. De quoi s'agit-il ? demanda-t-elle avec suspicion.

— C'est une... affaire festive.

Son rire moqueur résonna sous les hautes voûtes du Cloître. Jean-Pierre se retourna pour nous regarder, démontrant que ses fines oreilles de vampire étaient parfaitement syntonisées sur notre conversation.

— Festive ? répéta-t-il, déconcerté, sans quitter sa place sous le gui.

Peut-être espérait-il que Francesca perde l'équilibre et tombe accidentellement dans ses bras. Une cause perdue, car cela n'arriverait jamais.

— Cela fait plus d'un siècle et demi que personne ici ne célèbre les fêtes mortelles. À quoi est dû cet intérêt si soudain ?

Je haussai les épaules.

— J'essaie simplement d'éviter la fin du monde.

— Oh, Clarence, tu sais que personne n'apprécie ton sens de l'humour si tôt. Le soleil vient à peine de se coucher, dit Francesca en s'effondrant sur le canapé d'un air théâtral. Je n'ai même pas encore pris mon petit-déjeuner.

— Mais c'est la vérité ! Demande à Elizabeth. Il se trouve que j'ai survolé Salem il y a quelques jours et j'ai entendu les sorcières parler d'une prophétie. Quand j'en ai informé notre reine, c'est elle-même qui m'a chargé de trouver une solution.

Jean-Pierre leva les yeux au ciel tout en jonglant avec une poignée de baies de gui.

— Depuis quand notre reine s'intéresse-t-elle à ces malodorantes sorcières de Salem ?

— Depuis que j'ai entendu par hasard leur inquiétante conversation secrète, expliquai-je. La légende raconte qu'une étoile bleu cobalt entrera en collision avec la Terre à la dernière seconde du millénaire, le jour du Nouvel An. Elizabeth et moi sommes d'accord pour dire qu'il serait judicieux d'éviter que cela ne se produise.

— Balivernes, dit Jean-Pierre en secouant la tête. Le Nouvel An n'est qu'une absurde convention humaine. Si les années se terminent un jour précis, c'est parce que les mortels en ont décidé ainsi. De plus, j'ai toujours préféré le calendrier julien.

— Je suis d'accord, dis-je en prenant quelques baies de gui et en les lançant malicieusement dans les cheveux de Francesca. Cette histoire de fin du monde semble plutôt invraisemblable. Mais une fête est une fête et, pour une fois, Elizabeth veut en organiser une. Et ça fait si longtemps qu'on ne s'est pas un peu amusés...

En théorie, l'immortalité était une conséquence positive du vampirisme. Mais elle portait avec elle la malédiction de l'ennui éternel et de la vie recluse. C'est pourquoi, les rares fois où notre reine sceptique nous permettait quelque extravagance, nous avions l'habitude de l'accueillir avec grand enthousiasme.

— Je comprends, acquiesça Francesca. Alors, dis-moi... qu'est-ce que tu attends-tu que nous fassions ?

— Oh, c'est très simple, ma chère.

J'observai la courbe parfaite de son dos, essayant de faire en sortet qu'elle ne s'en aperçoive pas.

— Nous devrons terminer le millénaire en signant une trêve de paix avec les sorcières. Mais il ne s'agit pas d'un pacte ordinaire : l'alliance devra être consommée sous un arbre de Noël... un arbre de Yule, comme elles préfèrent l'appeler. Selon la légende, c'est la seule façon de faire en sorte que le monde continue de tourner. Dans le cas contraire, la planète explosera dans un magnifique éclatement final de feux d'artifice.

Jean-Pierre et Francesca se regardèrent et pouffèrent.

— Ne vous moquez pas de la prophétie, les avertis-je. C'est une affaire de la plus haute importance... une mission complexe, réservée uniquement aux plus capables et intelligents.

Je remuai les sourcils, appréciant leur expression de curiosité, et je m'efforçai de rester sérieux.

— Ne pensez pas que ce sera facile de convaincre les sorcières de se joindre à nous dans cette entreprise...

Francesca inclina la tête sur le côté, laissant ses mèches dorées couler sur ses épaules, et sa voix se transforma en un ronronnement joueur.

— Et dis-moi... par où tu proposes que nous entamions l'exécution de ce plan si complexe ?

Je claquai des doigts et dis d'une voix solennelle

:

    — Écoutez attentivement, car je ne vais vous l'expliquer qu'une seule fois.

    Ils s'approchèrent de moi, formant un petit cercle. Même Jean-Pierre quitta sa place sous le gui pour nous rejoindre.

    — Notre mission se déroulera dans le plus grand secret, à l'abri de la nuit...

    Ils me fixèrent, et je pus à peine contenir mon rire quand j'ajoutai :

    — Et la partie la plus importante sera d'obtenir...

    Je marquais une pause, pour plus d'effet.

    — Le plus grand arbre de Noël de l'histoire. Je vous révélerai le reste du plan une fois que nous aurons accompli cette première étape cruciale.

    Francesca arqua un sourcil et souffla.

    — Clarence... un arbre de Noël, vraiment ? Et quoi d'autre ? Des victimes emballées avec des rubans, à déballer le soir de Noël ?

    Je n'eus pas l'occasion de réfuter son commentaire ironique, car juste à ce moment-là, notre monarque, Elizabeth, fit son apparition. La première chose qu'elle fit fut de froncer le nez en sentant l'odeur pénétrante du gui. Exaspérée, elle arracha la branche du linteau de la porte et la jeta le plus loin possible, sous le regard consterné du pauvre Jean-Pierre.

    — Tu étais debout sous le gui ! cria-t-il, courant vers Elizabeth avec les lèvres pincées et prêt à l'embrasser. Tu me dois un baiser !

    — N'y pense même pas, l'avertit la reine, lui montrant ses crocs.

    — Parfois, la bonne personne est juste à côté de toi, mais tu es trop aveugle pour la voir ! gémit Jean-

Pierre en croisant les bras.

Malheureusement, il avait dit exactement la même chose à toutes celles qui échappaient à temps au gui, de sorte que plus personne ne le prenait au sérieux. Elizabeth grogna, ignorant le bavardage plaintif du Français, puis s'adressa au reste d'entre nous.

— Arrêtez de rire comme des hyènes sans cervelle et écoutez-moi bien : il n'est jamais bon de prendre à la légère les prédictions des sorcières, car elles ne se trompent jamais, jamais. Aussi fou que cela puisse paraître, la fin du monde tel que nous le connaissons est plus proche que vous ne le pensez.

Chapitre 2

Alba

Décembre 1999

Lorsque mon avion a atterri, ma grand-mère m'attendait déjà depuis un bon moment à l'aéroport. Je venais de rentrer de Berlin après avoir réglé quelques formalités d'immigration et, malgré les supplications de mes parents qui me demandaient de rester avec eux en Allemagne pendant les vacances, j'avais décidé de revenir à Emberbury. Je voulais assister à une fête du Nouvel An avec mes amis de l'université, mais il me semblait également important que ma grand-mère ne passe pas les fêtes seule. Elle ne se plaignait jamais, mais les années commençaient à peser sur elle, et je voulais profiter de sa compagnie tant que c'était encore possible.

Bien que je sois originaire d'Emberbury, je passais rarement Noël dans ma ville natale. Le travail de mon père nous avait obligés à déménager constamment à travers l'Europe. C'était un homme populaire, et il était généralement invité à tellement d'événements pendant les fêtes que nous n'avions jamais le temps de rentrer chez nous en décembre. Durant toute mon enfance, nous avons été une famille vagabonde de trois membres, errant comme des âmes en peine sur le vieux continent. Nos vies étaient une succession constante de dîners de gala et de poignées de main, mais je n'ai jamais eu d'endroit fixe que je pouvais appeler chez moi ni de grands-parents, d'oncles ou de cousins avec qui partager des moments spéciaux.

Quand je suis sortie dans la zone d'arrivée, traînant mes bagages, j'ai trouvé ma grand-mère debout parmi la foule, armée d'une pancarte affreuse qui disait : « Recherchée : la plus belle petite-fille de la ville ». Le terminal était bondé de voyageurs qui rentraient chez eux pour Noël, et j'ai rougi quand j'ai remarqué que les gens me pointaient du doigt, commentant ma beauté, ou plutôt, mon manque de beauté. Dès que je suis arrivée à sa hauteur, je lui ai arraché cette abomination en carton et j'ai cherché la poubelle la plus proche pour m'en débarrasser. Je me suis consolée en pensant que les probabilités que quelqu'un reconnaisse « Alba, la nomade sans patrie » étaient extrêmement faibles.

— Bonjour, grand-mère, je suis contente de te revoir, ai-je dit en l'embrassant.

Les anses de mon sac se sont emmêlées avec celles du sien quand je me suis penchée pour l'embrasser, nous liant accidentellement l'une à l'autre.

— Ma chère petite, comme tu as grandi ! s'est-elle exclamée, en faisant un pas en arrière pour pouvoir évaluer ma taille.

J'ai souri à son commentaire. Cela faisait seulement deux semaines que nous ne nous étions pas vues, et à dix-huit ans, je n'étais plus habituée à ce que les gens commentent ma croissance. Après tout, j'étais officiellement un être humain adulte, pas une plante d'intérieur.

— La maison était si vide sans toi... m'a-t-elle dit, en m'ébouriffant les cheveux comme si j'étais un chiot.

Tu t'en souviens encore ?

J'ai ri.

— Bien sûr, grand-mère. Ça ne fait pas si longtemps non plus.

— Ah...

Elle a redressé le col de ma parka d'un air maternel.

— Moi, ça m'a paru une éternité. En plus, tu oublies toujours si vite tout ce que je t'apprends... mais je sais que c'est la faute de ta mère, qui te lave le cerveau à chaque fois que tu retournes là-bas. Elle ne pense qu'à la politique, cette fille. Parfois, je me demande si on ne me l'a pas échangée à la naissance.

— Ne t'inquiète pas, grand-mère. Elle a essayé, mais elle n'a pas réussi à m'effacer la mémoire.

Elle a haussé un sourcil. Pour être honnête, ma grand-mère était un peu obsédée par l'idée de me faire mémoriser les noms et les propriétés de centaines d'herbes et de cristaux, et parfois j'avais du mal à tout retenir.

Ma grand-mère a toussé et m'a regardée avec suspicion.

— Voyons si c'est vrai que tu t'en souviens, a-t-elle dit les yeux plissés, que me recommanderais-tu pour cette toux ?

— Une infusion de camomille ? ai-je hasardé.

Peut-être que ma grand-mère avait raison, après tout, car je n'en avais pas la moindre idée.

— Erreur, a-t-elle grogné.

— De la sauge avec du miel ?

— Ça serait mieux.

Ma grand-mère a exhalé, semblant soudain beaucoup plus âgée et fatiguée que dans mes souvenirs.

Peut-être que j'avais grandi en ces deux semaines, mais elle, de son côté, avait un peu vieilli.

— Tu n'étais pas loin, mais tu aurais dû commencer par évaluer le type de toux.

Elle m'a serrée à nouveau dans ses bras, cette fois en évitant les longues anses du sac.

— Heureusement que tu es venue vivre avec moi, ma fille. Il fallait bien que quelqu'un t'enseigne les choses vraiment importantes de la vie, et ta mère ne l'aurait jamais fait.

Chapitre 3

Clarence

Francesca possédait de nombreux talents, mais l'un des plus charmants était sa capacité à s'embarquer dans la mission la plus dangereuse tout en gardant sa tenue parfaitement impeccable. Elle me rejoignit parmi les tombes du cimetière de Saint Anne, près du mausolée qui dissimulait l'entrée du Cloître, et je souris en constatant qu'elle était aussi splendide que toujours.

— Alors, mon cher, quand comptes-tu m'expliquer le lien entre les sapins ornés et cette sinistre prophétie qui est la tienne ? me demanda-t-elle en faisant tournoyer ses jupes pour mon seul plaisir. Tu comprendras que j'ai du mal à prendre cette affaire au sérieux.

— J'aimerais préciser que ce n'est pas ma prophétie, répondis-je, ravi par son exhibition. Ce sont les sorcières de Salem qui me l'ont révélée. Comme je vous l'ai expliqué, la seule façon d'éviter que l'étoile bleu cobalt nous foudroie est de remplir l'une de ces deux conditions...

— L'une d'elles serait-elle d'ériger un arbre de Noël géant ?

— Pas exactement, dis-je en ignorant le dédain dans sa voix avant de poursuivre. La première option est de célébrer une union entre deux races ennemies. Seule une union sacrée entre sorcières et vampires pourra arrêter l'apocalypse, quand l'amour l'emportera sur la haine. Le pacte devra être scellé par un baiser sous un arbre de Yule. Bien que, personnellement, je pense que l'arbre en lui-même n'est qu'un élément symbolique : une sorte de temple magique où effectuer la cérémonie. Comme le gui de Jean-Pierre, ajoutai-je.

Je fis une pause pour vérifier si Francesca m'écoutait toujours, et entre-temps, je ramassai quelques feuilles mortes au sol.

— D'après ce que j'ai pu entendre, les sorcières ne croient pas qu'une telle union soit possible. Je les ai entendues parler d'un sort pour détruire l'étoile bleu cobalt, mais il semblerait que les ingrédients soient incroyablement difficiles à trouver. Donc, nous ne pouvons que prier pour qu'elles arrivent à mettre de l'ordre dans leur garde-manger avant que cette comète ne nous anéantisse tous... ou bien nous pouvons prendre le contrôle de la situation et œuvrer pour obtenir l'alliance de la prophétie.

Je lançai une pluie de feuilles mortes sur Francesca, qui l'esquiva avec une grâce absolue.

— Elizabeth m'a demandé de m'impliquer dans cette affaire, et tu sais que je me dévoue pour satisfaire notre chère reine. Même si cela implique de convaincre une sorcière de venir jusqu'ici et de m'embrasser sous l'arbre de Noël...

Francesca secoua la tête, contenant son rire.

— Je n'arrive pas à croire que tu sois si naïf. Aucune sorcière ne viendra jusqu'au Cloître pour t'embrasser, et nous ne pouvons pas faire grand-chose pour les aider à trouver les ingrédients de leurs ridicules sortilèges. De plus, pour être honnête, je ne me soucierais même pas que le monde s'arrête. J'ai assez vécu. J'ai vu tout ce qu'il y avait à voir, et j'ai profité d'une longue vie. Rien ne me manquera.

— Vraiment ? fis-je en souriant, en soutenant son regard azur avec audace. Tu ne me regretterais même pas... moi ?

Francesca souffla et s'abstint de répondre. Peut-être était-ce mieux ainsi, car je savais pertinemment que, même si j'étais sur sa liste de personnes préférées, je n'étais pas en tête de celle-ci. Mais je préférais ne pas l'entendre le dire.

— Je t'assure que je réussirai, murmurai-je en encadrant ses hanches étroites de mes mains. Qui pourrait résister à mon charme ? Je la fis tourner comme une toupie, admirant la perfection de ses courbes. Ou au tien, ma chère ?

— Je ne vais embrasser aucune de ces sorcières malodorantes, répliqua-t-elle en échappant à mon étreinte avec une gracieuse révérence. Elles détestent les vampires, et leur odeur me donne la nausée.

— Allons, Francesca ! Ce sera amusant. Nous trouverons une sorcière pour chacun d'entre nous et nous les inviterons à la fête du Nouvel An d'Elizabeth. Nous danserons jusqu'à l'aube et nous nous amuserons comme jamais.

— Tu as perdu la raison... Aucune sorcière sensée n'assisterait au bal des vampires d'Elizabeth. Au cas où tu ne le saurais pas, il y a très peu d'humains prêts à se précipiter dans une mort certaine.

— Nous pourrions trouver une sorcière inepte... une égarée, comme notre chère Julia, paix à son âme...

Julia avait été notre assistante sorcière au Cloître pendant de nombreuses années. Elle venait d'une famille de sorcières égarées : des sorcières qui avaient oublié leurs racines et leur magie, et qui ne haïssaient donc pas les vampires... puisqu'elles ne croyaient même pas en leur existence. Malheureusement, Julia était décédée sans laisser de descendance.

— Ça nous ferait du bien de trouver une nouvelle sorcière égarée comme assistante, de toute façon. J'ai le pressentiment que j'en trouverai bientôt une... appelons ça un miracle de Noël. Et si je n'y arrive pas, au moins la recherche sera amusante.

— Les malédictions des sorcières ne sont jamais particulièrement amusantes, répliqua Francesca en croisant les bras avec obstination.

— Allez, ma chère, ne sois pas si négative. Suis-moi, dis-je en lui prenant la main. Commençons par le commencement. Première étape : obtenir un arbre pour la fête.

J'invoquai la brume grise pour me transformer en corbeau. Un nuage de fumée m'enveloppa, et je ressentis le chatouillement caractéristique tandis que mes mains se transformaient en ailes. Francesca m'imita, et ensemble nous nous élevâmes au-dessus du cimetière, survolant Emberbury en direction des forêts de la périphérie.

Bientôt, j'aperçus l'élégant sapin que j'avais sélectionné quelques jours plus tôt. Je descendis vers l'épaisse forêt, me délectant de la sensation du vent qui hérissait mes plumes. J'atterris doucement sur le tapis de feuilles mortes et repris forme humaine.

— Celui-ci, dis-je en désignant le très haut spécimen devant nous. Il est fantastique, tu ne trouves pas ?

— Ce n'est pas le pire que j'aie vu, acquiesça-t-elle en examinant le sapin. Mais... es-tu conscient que cet arbre est au moins trois fois plus grand que l'entrée des catacombes ?

J'écartai la mèche de cheveux qui voilait son visage, par ailleurs parfait.

— Je le sais, lui murmurai-je à l'oreille, me demandant s'il serait acceptable de lui mordiller le lobe en même temps. Mais j'espérais pouvoir compter sur ton aide.

***

Nous avons traîné l'énorme arbre de Noël jusqu'au cimetière de Saint Anne. Une fois là-bas, nous avons réussi à le faire entrer dans les catacombes du Cloître par l'entrée arrière, et nous l'avons laissé dans l'antichambre pour qu'Elizabeth donne son approbation.

Une fois la question de l'arbre réglée, j'ai lancé un regard plein de désir à Francesca, essayant de trouver une excuse pour qu'elle reste à mes côtés un moment de plus. Je ne voulais pas que notre soirée ensemble se termine si tôt. Heureusement, le sentiment semblait être réciproque, car son étreinte d'au revoir s'est prolongée plus que d'habitude. Elle m'a tenu contre elle, me regardant fixement dans les yeux avec ses comètes bleues.

— Avons-nous terminé pour aujourd'hui ? demanda-t-elle avec une pointe de tristesse dans la voix.

— Eh bien... il y a encore un endroit où nous pourrions aller... il reste encore beaucoup de temps avant l'aube.

— Qu'avais-tu en tête ?

— Observation de sorcières !

Francesca fronça les sourcils.

— Que veux-tu dire par observation de sorcières ? Ça n'a pas l'air particulièrement agréable.

— Je connais un bar, pas très loin... il est géré par l'un des covens les plus prestigieux de Salem. On pourrait espionner la clientèle, et peut-être trouver une ou deux victimes faciles à persuader. Avec un peu de chance, on pourrait les convaincre d'assister à notre fête au Cloître. Si elles ont entendu parler de la prophétie, il est possible qu'elles mettent leurs préjugés de côté pour une nuit et acceptent.

— Clarence, mon cher, je crois que l'ennui obscurcit ta raison...

— Alors aide-moi à combattre cet ennui, ma belle Francesca...

— Ah, très bien... soupira-t-elle avec une langueur feinte. Je suppose qu'une fête est une fête, même si nous devons rester dehors. Et cela fait si longtemps que nous ne nous sommes pas amusés ensemble...

Oui. Je savais exactement combien de temps : dix-sept ans, trois mois et cinq jours. Le temps écoulé depuis la dernière fois où j'avais déboutonné sa robe et eu l'occasion de vénérer chaque courbe de son corps... la dernière fois où j'avais embrassé ce grain de beauté près de son nombril... celui en forme de cœur...

Francesca et moi étions comme la marée. Ou plutôt, comme la comète de Halley, à en juger par la fréquence de plus en plus rare de nos romances : plongés dans des aventures qui allaient et venaient, se répétant aléatoirement au fil des siècles ; entraînés par des affections soudaines, passionnées et distantes, qui ne menaient jamais nulle part. Le nôtre était un amour tempéré et amical, qui se transformait parfois en quelque chose de plus : particulièrement quand les temps devenaient difficiles, ou quand la monotonie de la vie quotidienne pesait trop pour y faire face seuls. Nos aventures fleurissaient, mais finissaient toujours par se faner, et une fois terminées, la vie continuait comme si rien ne s'était passé.

— Allons-y, dis-je en lui faisant un clin d'œil. Je pense que tu vas adorer l'endroit. Il a un magnifique jardin.

Je laissai mon bras serpenter dans le bas de son dos, et la poussai doucement vers la sortie. Elle appuya sa tête sur mon épaule, en signe d'accord silencieux.

« De nouveau mienne, pour une nuit ou deux », me dis-je avec délice.

Nous nous promenâmes ensemble, profitant de la nuit comme deux mortels amoureux, bien que nous ne fussions ni l'un ni l'autre. Nous n'étions ni mortels ni amoureux ; du moins pas selon les standards humains. Mais qui se souciait des détails ? Le monde ne verrait en nous qu'un couple jeune et beau, uni dans une étreinte trop étroite pour n'être que des amis.

Je l'emmenai dans un endroit connu sous le nom de *Chaudron Arc-en-ciel,* situé entre les rives de la rivière et la forêt. C'était le genre d'endroit idéal pour chasser, étant donné que les mortels ivres étaient les victimes les plus faciles. Ce bar était particulièrement pratique, car il était entouré de jardins luxuriants où l'on pouvait se cacher, se nourrir discrètement puis s'éclipser dans la forêt sans laisser de trace. De toute façon, j'évitais généralement d'entrer dans le bâtiment, pour ne pas attirer l'attention des habitués et pour épargner mes fines oreilles de ce bruit infernal qui avait aujourd'hui remplacé la musique de chambre.

— Peut-être que je pourrai te trouver ici un cadeau de Noël anticipé, ou au moins un savoureux en-cas, dis-je à Francesca, mi-plaisantant, mi-sérieux. Que préfères-tu, blonde ou brune ?

— Tu sais que je n'aime pas ce genre de nourriture.

Je soupirai. Ce n'était pas tout à fait vrai : je savais pertinemment que Francesca aimait autant les blondes que les brunes, mais à cause de ses absurdes préjugés, elle évitait de se nourrir d'humains. Pour une raison quelconque, ces dernières décennies, elle avait pris l'horrible habitude de subsister avec du sang animal, généralement des écureuils et des lapins.

— D'accord, dis-je, déçu qu'elle ne veuille pas se joindre à ma chasse. Dans ce cas, attends-moi ici pendant que je vais chercher un en-cas, et ensuite on pourra se blottir dans les jardins pour observer les allées et venues des sorcières.

Chapitre 4

Alba

Quand je suis arrivée, la fête battait déjà son plein, et tous mes amis avaient déjà bu quelques verres. Il n'a pas été difficile de repérer Michelle dans la foule, entourée, comme toujours, des gens les plus populaires de l'université et vêtue d'une tenue hybride entre une robe et une nuisette.

— Alba, enfin ! s'exclama-t-elle avec joie : le genre de joie induite par un cocktail ou deux de trop. Où t'étais-tu cachée ? On te cherchait.

J'ai essayé d'inventer une excuse plausible, mais rien ne me venait à l'esprit. J'avais passé l'après-midi à la maison, à regarder la télévision avec ma grand-mère. Après trois heures sous une couverture, à regarder des films de Noël ridicules, je n'avais plus envie de m'aventurer dans la nuit froide. Finalement, c'était ma grand-mère qui m'avait rappelé que j'étais là pour passer plus de temps avec mes amis, et non pour rester allongée sur le canapé à regarder la télé avec une septuagénaire.

— Le chien a mangé mes chaussures, ai-je dit avec une grimace d'excuse.

Ma grand-mère n'avait pas de chien, et tout le monde le savait. Cependant, Michelle a examiné mes pieds avec pitié, comme si elle me croyait.

— Oh, c'est vrai. Ne t'inquiète pas, avec tout le

monde qu'il y a ici, personne ne va remarquer ces bottes affreuses que tu portes. Allez, suis-moi, je veux que tu rencontres mes nouveaux amis...

Nous sommes d'abord passées par le bar et Michelle a commandé une boisson pour moi. Je n'ai pas réussi à deviner ce qu'il y avait dedans, mais c'était vert, mousseux... et délicieux. De plus, ça m'est monté à la tête immédiatement. « Parfait », ai-je pensé. Un peu de courage liquide était exactement ce dont j'avais besoin pour supporter la torture imminente de socialiser avec des inconnus pendant des heures.

Michelle s'est arrêtée près d'un groupe de garçons, tous larges d'épaules et chacun plus séduisant que le précédent. Curieusement, ils étaient tous habillés presque de la même façon et arboraient des variations de la même coiffure. L'un d'entre eux, blond aux cheveux très courts, se démarquait des autres par l'assurance avec laquelle il évoluait.

— Je te présente l'équipe de rugby, a chuchoté Michelle en riant et en me faisant un clin d'œil tout en me poussant au centre du cercle.

— Salut les gars ! Voici Alba, ma camarade de classe. Elle a passé beaucoup d'années en Europe, donc elle n'a pas encore beaucoup d'amis ici. Elle est un peu bizarre, mais ce n'est pas une mauvaise personne. Elle est même drôle parfois.

J'ai envisagé la possibilité d'étrangler Michelle après cette présentation mortifiante, mais j'ai dû lui pardonner, car rien de ce qu'elle avait dit n'était faux. Elle me traînait toujours avec elle aux fêtes, bien que je soupçonnais qu'elle le faisait pour ne pas draguer seule : étant la plus belle et la plus extravertie de nous deux, ma présence la rendait encore plus attirante par comparaison. De mon côté, je n'avais pas grand intérêt à flirter avec qui que ce soit : je me remettais encore des quelques rendez-vous, peu nombreux, mais catastrophiques, que j'avais eus ces dernières années. Quoi qu'il en soit, ça ne me dérangeait pas d'aider Michelle dans ses efforts, car elle était toujours gentille avec moi et me gardait une place quand j'arrivais en retard en cours. En ma compagnie, Michelle se mettait plus facilement la personne qu'elle choisissait dans la poche, peu importe de qui il s'agissait. Et moi, qui étais déjà habituée à notre pacte tacite, j'emportais souvent un livre dans mon sac pour ne pas m'ennuyer quand je devais l'attendre dans les toilettes des bars. De toute façon, je savais que personne ne me regarderait deux fois, tant que j'aurais la rieuse et pétillante Michelle à mes côtés.

Mais cette nuit-là, quelque chose d'inhabituel s'est produit. Ce grand garçon blond n'arrêtait pas de me regarder. J'ai tout de suite remarqué que Michelle l'avait repéré aussi. Je l'ai immédiatement écarté de mon esprit : mon amitié avec Michelle m'importait plus que cet inconnu, aussi séduisant soit-il.

J'ai siroté le reste de mon verre en silence pendant que Michelle bavardait joyeusement avec les membres de l'équipe de rugby. Il était difficile de suivre la conversation, car la musique était trop forte, alors je me suis adonnée à l'une de mes activités favorites : étudier les gestes de chacun et essayer de deviner leur personnalité. Le garçon blond continuait de m'observer, mais il ne m'a pas adressé la parole.

Au bout d'un moment, Michelle a décidé qu'elle avait besoin d'aller aux toilettes... en ma compagnie. Elle m'a attrapée par le bras et m'a traînée aux toilettes. Dès qu'elle a fermé la porte, elle a levé les bras, criant comme une hystérique.

— Quel canon ! s'est-elle exclamée avec enthousiasme.

— Lequel ? ai-je demandé, confuse. James... Mark ?

— Mark, bien sûr, a-t-elle répondu en retouchant son mascara dans le miroir. Le blond. Arrête de jouer l'innocente ! J'ai failli glisser en passant à côté de toi... tu baves devant lui depuis un bon moment. Mais tu sais ce qui est le plus drôle ? Je crois que tu lui plais aussi. Il a dit à James que ton visage lui était familier. Quelque chose à propos d'une piscine gonflable et... toi les fesses à l'air ?

— Quoi ? me suis-je exclamée, horrifiée. Il doit m'avoir confondue avec quelqu'un d'autre.

— Même s'il a dit que tu avais trois ans quand c'est arrivé.

J'ai plissé les yeux tandis qu'un souvenir d'enfance me revenait à l'esprit, où apparaissait un garçon blond aux cheveux bouclés qui aurait pu s'appeler Mark. J'avais oublié la majeure partie de cet après-midi fatidique, mais pas l'anecdote que ma mère racontait toujours aux autres épouses de diplomates lors de tous les dîners de gala : une histoire supposément drôle sur le fils de son amie, qui m'avait arraché d'un coup mon maillot de bain pendant que nous jouions dans la piscine un été. Je détestais cette histoire à mort, et il est arrivé un moment où, mortifiée, j'ai supplié ma mère d'arrêter de la raconter à tout le monde.

Qui aurait pensé que je retrouverais ce petit fauteur de troubles après tant d'années, dans cette boîte de nuit, ni plus ni moins. Sans aucun doute, Mark s'était amélioré avec le temps, laissant derrière lui ses années de chérubin potelé, et était devenu l'un des hommes les plus séduisants de l'université. Le fait qu'il ait arrêté d'utiliser une tétine y était probablement aussi pour quelque chose.

— Je pensais, Alba... a dit Michelle en me tendant sa trousse de maquillage, que Mark me plaît, mais tu es ma meilleure amie et je te dois mille faveurs. Si ça te va, je garde James pour la fête du Nouvel An et je te laisse Mark. Je vais t'obtenir un rendez-vous avec lui, parce que je sais que tu n'oseras pas le lui demander.

J'ai regardé Michelle, en partie terrifiée et en partie fascinée en entendant son plan. J'étais impressionnée par l'assurance avec laquelle elle avait réparti ces pauvres joueurs de rugby entre nous, comme si leur opinion était totalement insignifiante. Par précaution, je me suis arrangé les cheveux et j'ai mis un peu de son blush, bien qu'en raison de mon manque de pratique, j'ai fini par ressembler à la poupée diabolique. Mais avant que je puisse me laver le visage, Michelle m'a traînée hors des toilettes, satisfaite de notre accord, non sans ajouter :

— Et pas besoin de me remercier ! Tu mérites ça... et bien plus encore.

Chapitre 5

Alba

Quelques jours plus tard, Mark est venu me chercher chez ma grand-mère dans sa voiture de sport rutilante. Il s'est garé devant le porche et m'a saluée à travers la vitre, qu'il avait baissée malgré le froid mordant de l'hiver. Il était aussi beau que dans mes souvenirs du *Chaudron Arc-en-ciel*, les cheveux coiffés en arrière et un éclat doré dans ses yeux bleu ciel, qui reflétaient la faible lumière des réverbères.

Sur le chemin du restaurant, il s'est montré absolument charmant. Il s'intéressait aux mêmes cours que ceux que je suivais et, en gros, il était curieux de mes hobbies et de tout ce que je faisais : c'était totalement nouveau pour moi. Je n'étais pas habituée à ce que quelqu'un partage mes aspirations et mes rêves d'avenir, en dehors de ma grand-mère. Le trajet aurait été parfait s'il n'avait pas ignoré toutes les limitations de vitesse, absorbé comme il l'était par la conversation. Je le lui ai dit une fois et il ne m'a pas écoutée, et à partir de là, j'ai passé le reste du trajet à réfléchir à la façon de le lui répéter sans gâcher notre premier *tête-à-tête*.

Quand il s'est enfin garé devant un restaurant distingué, je n'ai pas pu m'empêcher de soupirer de soulagement. Là, il a commandé pour nous deux sans regarder le menu... ni me demander mon avis. J'ai froncé les sourcils, un peu agacée. *« Peut-être que j'exagère »*, me suis-je dit intérieurement.

— Tu es magnifique ce soir, m'a-t-il dit et, à ces mots, une vague de chaleur a inondé mes joues, me faisant immédiatement oublier toutes mes réserves. Je suis sûr que tu vas adorer le dîner, tu verras.

Je me suis forcée à sourire, me rappelant que Mark faisait de son mieux pour créer une soirée agréable. J'ai grignoté une frite en silence, tout en repensant à ce garçon allemand qui s'était enfui au milieu de notre premier rendez-vous. Pourquoi déjà ? Peut-être parce que je lui avais dit que j'aimais les araignées ? Comment pouvais-je savoir qu'il souffrait d'arachnophobie sévère ? Ensuite, je me suis souvenue de Josh, mon flirt du lycée, celui qui m'avait plantée sous une pluie torrentielle pendant des heures, sans même prendre la peine de m'informer qu'il n'avait pas l'intention de venir au rendez-vous. Comparé à ces deux-là, et à bien d'autres qui ont suivi, Mark n'était pas si mal. Peut-être était-il temps de baisser un peu la barre, d'être moins difficile et de profiter des attentions de ce garçon, qui essayait d'entretenir une conversation avec moi... et ne semblait toujours pas sur le point de s'enfuir en courant.

— Je suis désolé pour l'incident du maillot de bain, commenta Mark d'un ton malicieux.

Ce faisant, il piqua son filet avec tant d'ardeur que je dus détourner le regard.

— Bien que je suppose que tu portes maintenant des bikinis avec le haut... du moins je l'espère.

Il me regarda fixement, avec ce rare et éblouissant sourire qui était le sien. Je ris un peu, mal à l'aise face à cette nouvelle mention de cette anecdote d'enfance.

— Ne t'inquiète pas, lui assurai-je avec une indifférence feinte, mes maillots de bain actuels sont beaucoup plus pudiques. Ces jours fous où je montrais mes fesses sont révolus.

— J'en suis ravi, répondit-il d'une voix rauque, et ses yeux se fixèrent sur mon décolleté sans aucune gêne.

Instinctivement, je portai la main à mon cou et rougis.

— Tu as beaucoup changé... murmura-t-il pensivement, mastiquant sa nourriture. En mieux.

— Toi aussi, acquiesçai-je, observant le diamètre de son bras et me demandant s'il serait capable de me soulever du sol d'une seule main.

Probablement oui. Avec deux doigts, même.

— Où étais-tu toutes ces années ? me demanda-t-il. Pourquoi ne t'ai-je pas trouvée plus tôt ?

Avant que je ne puisse répondre, sa main glissa sur la table et saisit la mienne, avec cette assurance caractéristique qu'il dégageait toujours. Cet homme semblait savoir très clairement ce qu'il voulait de la vie, et comment l'obtenir. On voyait qu'il était habitué à gagner, dans le sport... et en tout.

Je lui parlai de mes années d'errance, en tant que fille de diplomate, et il m'a écoutée, toujours attentif, m'interrogeant avec curiosité sur les nombreuses écoles que j'avais fréquentées et les célébrités que j'avais rencontrées. Il a prouvé qu'en plus de ses évidentes qualités physiques, il était aussi un homme intelligent. Il avait voyagé partout dans le monde et avait visité beaucoup des endroits que je lui ai décrits. La soirée s'est étonnamment bien déroulée, et à aucun moment il n'a semblé tenté de se lever et de s'échapper par la porte de derrière.

— Comment se fait-il qu'une fille aussi jolie que toi soit célibataire? m'a-t-il demandé à la fin du dîner.

La question typique que tout le monde posait, et à laquelle il n'était jamais bon de répondre sincèrement.

Je me suis mordu la langue. La réponse simplifiée était que je ne m'étais probablement pas assez efforcée de trouver quelqu'un. Mais la version longue était trop gênante pour l'expliquer à voix haute... ou même pour l'accepter intérieurement. Tous, sans exception, finissaient par fuir.

— J'ai passé la plus grande partie de ma vie à déménager, ai-je répondu, décidant que cela semblait être une explication plausible. C'est difficile de rencontrer quelqu'un quand on ne reste jamais trop longtemps au même endroit.

Mark a acquiescé, m'adressant un regard profond et compréhensif.

— Oui, j'imagine, a-t-il dit.

Nous sommes sortis du restaurant et sommes montés en voiture, et il m'a pris la main avant de démarrer, en disant :

— Peut-être est-il temps que tu restes ici et que tu fasses la connaissance de *quelqu'un* un peu plus en profondeur, tu ne crois pas ?

L'éclat dans ses yeux a clairement indiqué à qui il faisait référence. J'ai souri timidement, et il m'a rendu mon sourire.

Tandis que Mark s'engageait sur l'autoroute, une pensée troublante m'a assaillie. Sans aucun doute, cet homme ne pouvait même pas imaginer l'ampleur de mon inexpérience avec le sexe opposé. J'en savais si peu que, à dix-huit ans, j'aurais pu prendre des leçons auprès de ma grand-tante... *la religieuse.*

Il fallait que je parle à Michelle : elle saurait quoi faire. Sinon, Mark Andersson allait faire une crise cardiaque quand il apprendrait que je n'avais jamais, au grand jamais, embrassé qui que ce soit.

Chapitre 6

Alba

Le jour de Noël, ma grand-mère et moi avions convenu de manger ensemble. Elle m'a réveillée en jouant des chants de Noël au piano dans le salon, et je me suis traînée en bas des escaliers, encore en pyjama. J'étais morte de fatigue après avoir passé la nuit à essayer de déposer les cadeaux sous le sapin sans qu'elle m'entende.

Toute la maison sentait les madeleines faites maison, et ma grand-mère avait décoré la table avec des bougies, des fleurs et même un mini-arbre avec des ornements rouges et verts. Elle avait préparé suffisamment de nourriture pour nourrir une famille de six personnes : un gaspillage, car je n'avais pas du tout faim. Je ne pouvais pas m'empêcher de penser à Mark, à ses épaules de joueur de rugby et à son offre tentante de mieux le connaître. Nous étions sortis ensemble deux fois jusqu'à présent et nous avions passé un assez bon moment. Le seul problème était que j'évitais toujours ses tentatives de m'embrasser, et la situation commençait à devenir embarrassante. Les deux fois, nous nous étions dit au revoir précipitamment, la portière de la voiture ouverte. Je sautais toujours hors du véhicule le plus vite possible, pour l'empêcher d'aller plus loin.

Et ce n'était pas par manque d'envie... le problème était que je ne savais pas comment m'y prendre.

D'autre part, l'idée que mon premier baiser ait lieu sur le siège avant d'une voiture me terrifiait. Cela faisait des années que je fantasmais sur un événement magique, dans un endroit magnifique : peut-être un jardin ou une plage déserte, sous la lune. Après avoir attendu si longtemps, je n'allais pas me contenter d'un coup de langue rapide, le cou tendu par-dessus le levier de vitesse comme des girafes au-dessus de la barrière d'un zoo. J'étais submergée par la peur irrationnelle de n'avoir aucun talent, et une voix dans ma tête me répétait qu'une fois que Mark découvrirait mon inexpérience, il ne voudrait plus jamais me revoir. Il en conclurait que quelque chose devait clocher chez moi, si personne ne s'était approché de moi pendant tout ce temps.

— Ces derniers temps, tu es toujours perdue dans tes pensées, commenta ma grand-mère en me tendant une serviette à pois rouges et verts. Quelque chose ne va pas ?

— Moi ? Non, rien du tout, mentis-je.

J'ai tartiné du beurre sur le pain, pour me rendre compte qu'il y avait déjà une épaisse couche de beurre dessus.

— Je suis juste... un peu fatiguée.

— C'est comme ça qu'on appelle ça, maintenant ?

Elle m'a souri avec complicité, regardant du coin de l'œil l'épaisse couche de beurre qui faisait pencher ma tartine.

— Euh... balbutiai-je.

C'était comme si elle pouvait lire dans mes pensées.

— Je ne sais pas de quoi tu parles.

— Comment s'appelle-t-il ? lâcha-t-elle en se levant et en se dirigeant vers le coin de la pièce où se dressait le somptueux arbre de Noël.

— Comment s'appelle... ? Qui ?

— Alba, s'il te plaît. J'ai plus de soixante-dix ans.

Rien n'échappait à ma grand-mère. Notre voisine plaisantait souvent en disant qu'elle était voyante et qu'elle cachait probablement un balai magique dans le garage. Je ne l'avais pas encore vue voler sur un balai, mais j'étais d'accord pour dire qu'elle possédait une étrange capacité à deviner les secrets des gens : une habileté dont je n'avais pas hérité, bien que j'aurais adoré. Cela m'aurait été extrêmement utile.

— Grand-mère, il n'y a rien à raconter. Rien de sérieux, répondis-je, la voix un peu tremblante. C'est juste un garçon que j'ai rencontré récemment... un ami de Michelle.

— Un garçon qui te plaît.

— Pourquoi dis-tu ça ?

— Parce que tu as mis ton pyjama à l'envers, et que tu as failli mettre le chat dans le sèche-linge. Et ça, c'était juste ce matin...

— Je l'aime bien, c'est tout.

— Tu penses que c'est lui ?

J'ai cligné des yeux.

Lui ? Lui, qui ?

Que diable cela signifiait-il ?

— Comment le saurais-je, grand-mère ? Je ne l'ai vu que quelques fois.

— Oh, quand tu rencontreras le bon, tu le sauras dans ton cœur. Je l'ai su immédiatement, dès que j'ai vu ton grand-père. C'est quelque chose que tu ne peux pas manquer. Les femmes de notre famille ont un don spécial. Nous savons des choses... nous ressentons des choses.

Je suis restée pensive un instant. Mark serait-il ma moitié ?

Sans aucun doute, il était beau et intelligent, et sa famille était bien établie. De tous les garçons qui avaient montré de l'intérêt pour moi, il était définitivement le plus intéressant. Et le plus intéressé.

Mais on avait dû m'échanger à la naissance, car j'avais beau essayer de deviner par télépathie les intentions de Mark, je n'arrivais absolument à rien.

— Je ne sais pas. Peut-être que ça t'est arrivé avec grand-père, mais les temps ont changé depuis. Aujourd'hui, tout est plus compliqué. Les gens ont beaucoup plus d'options... Et puis, je sais très peu de choses sur lui... c'est trop tôt pour cette question.

Grand-mère soupira et me regarda avec inquiétude.

— Bon. Comme tu veux. Va ouvrir tes cadeaux, allez, dit-elle en s'asseyant sur un tabouret en velours sous le sapin. Je t'ai préparé une surprise.

J'ai laissé la tartine dans l'assiette. L'épaisse couche de beurre était en train de fondre et commençait à me donner la nausée. Je me suis levée et je suis allée chercher les paquets qui portaient mon nom.

— Comme c'est excitant, ai-je dit en m'asseyant par terre près de grand-mère et en déballant le premier cadeau.

À l'intérieur m'attendaient un pull, une paire de boucles d'oreilles et une enveloppe fermée. De l'argent, peut-être ? J'ai décidé de ne pas l'ouvrir : compter des billets devant grand-mère semblait de mauvais goût.

— Merci, grand-mère, ai-je dit en lui faisant un

bisou. Tu as été très généreuse.

— Un instant ! s'est-elle plainte. Tu ne vas pas ouvrir la lettre ? C'est le plus important !

— Ah, bien sûr, ai-je murmuré, surprise, en essuyant mes mains grasses sur le pantalon de mon pyjama.

J'ai ouvert l'enveloppe avec beaucoup de précautions et j'ai découvert que, contrairement à mes prévisions, elle ne contenait pas d'argent. À la place, j'ai trouvé une carte de Noël jaunie, avec des dessins d'anges dans un style désuet. « Pour Cora », disait la première ligne. Cora... le prénom de ma grand-mère.

— C'est grand-père qui te l'a envoyée ? ai-je demandé.

Elle a acquiescé avec nostalgie et m'a fait signe de lire la carte.

Chère Cora,

J'espère que tu vas bien. Le persil que tu as semé à l'automne a-t-il finalement poussé ? Je me souviens à quel point tu étais enthousiaste la dernière fois que tu m'as écrit.

Ici, il fait très froid et humide. Ça fait des jours que je ne dors pas. Les gars m'ont convaincu d'aller prendre une bière ce soir, mais ça n'a servi à rien. Je ne pouvais penser qu'à toi. Finalement, je suis rentré seul à la caserne et je me suis mis à t'écrire cette lettre. J'espère qu'elle t'arrivera à temps pour les fêtes. Si seulement je pouvais me glisser dans l'enveloppe et venir t'embrasser en personne.

Joyeux Noël, mon amour. Tu me manques.

Scellé d'un baiser, comme toujours.

Pour toujours tien,

John.

— Comme tu le sais déjà, ton grand-père était pilote pendant la guerre, murmura grand-mère d'une voix rêveuse. Quand il s'est engagé, ça faisait à peine quelques mois qu'on se connaissait. Aucun de nous ne savait s'il reviendrait à la maison. Il m'a envoyé cette carte à Noël 1943. J'embrassais toujours les lettres avant de les lui envoyer, et il faisait la même chose dès qu'il les recevait. Et je pouvais deviner le moment exact où il les ouvrait. Je le savais, tout simplement. Je sentais ces baisers à travers la distance. Ça te paraîtra ridicule, mais c'est vrai. C'était comme l'avoir ici avec moi, en train de m'étreindre.

— Quelle belle histoire, ai-je dit avec nostalgie, en entourant ses frêles épaules de mes bras.

— C'est vrai, a-t-elle répondu, encore perdue dans ses souvenirs. Ton grand-père a été l'amour de ma vie, et je suis très heureuse d'avoir attendu son retour, aussi longue qu'ait été l'attente. J'ai toujours su qu'il était le seul pour moi. Et tu sais quoi ? Bien que nous ayons grandi presque dans la même rue, nous ne nous sommes rencontrés qu'à vingt ans. Souvent, les choses les plus merveilleuses nous attendent au coin de la rue, cachées, mais bien en vue. Il s'agit juste de les trouver... ou de leur permettre de nous trouver.

J'ai hoché la tête, bien que je ne fusse pas sûre que cela puisse s'appliquer à ma vie.

— J'espère qu'un jour tu trouveras l'amour de ta vie, tout comme je l'ai fait, a-t-elle dit doucement. Ou peut-être l'as-tu déjà rencontré... qui sait ?

— J'espère, grand-mère..., ai-je répondu, bien qu'en le faisant, j'ai senti une griffe glacée me serrer la poitrine de l'intérieur. J'espère que tu as raison.

Chapitre 7

Alba

La semaine suivant Noël s'est écoulée dans une agréable succession de chants de Noël, de films romantiques et de biscuits faits maison, le tout en attendant avec impatience une première neige qui n'est jamais tombée.

Le Nouvel An est arrivé en un clin d'œil, et j'ai passé la majeure partie de cette matinée à décider quoi porter pour mon rendez-vous avec Mark. Mais l'Univers a voulu se moquer de moi, et en sortant de chez moi, un pigeon gris a décidé d'utiliser ma tête comme toilettes et a ruiné ma robe de fête, m'obligeant à rentrer pour me changer. Malheureusement, c'était le seul vêtement approprié que je possédais.

— C'est signe de chance, dit grand-mère.

Je l'ai regardée, sceptique, tout en grattant les fientes de pigeon qui s'étaient collées à mes cheveux. Grand-mère a disparu dans sa chambre et est revenue avec un grand sourire, tenant une photo encadrée et une vieille robe bordeaux.

— D'où sors-tu ça ? ai-je demandé, admirant le riche tissu et la jupe évasée. Cela me rappelait un peu le style d'Audrey Hepburn.

— C'était la mienne, a-t-elle répondu avec affection, montrant la photo.

On y voyait une version beaucoup plus jeune de

ma grand-mère portant cette même robe, souriant à l'appareil photo au bras d'un beau galant.

— La couleur s'est un peu estompée, mais sinon elle est bien conservée. Essaie-la pour voir comment elle te va... Et excuse l'odeur de naphtaline. Elle partira dans un moment, j'espère.

À ma surprise, la robe était presque à ma taille. Grand-mère m'a fait quelques points à l'arrière pour l'ajuster à ma taille, car elle était légèrement grande, et après cela, elle était impeccable.

— Profite bien de la fête, ma chérie, m'a-t-elle dit en me disant au revoir. Mon intuition me dit qu'une nuit très spéciale t'attend.

Malheureusement, je n'étais pas née avec la fantastique intuition de grand-mère, mais mon côté rationnel prévoyait une soirée très spéciale : ce Nouvel An, j'embrasserais enfin Mark, et peu importe s'il pleuvait, tonnait ou si c'était la fin du monde, je mènerais mon plan à bien.

***

Mark m'attendait dehors dans sa voiture, tambourinant avec impatience sur le volant.

— Désolée, Mark, me suis-je excusée, j'ai eu un incident avec un oiseau...

— Pas de problème, a-t-il répondu, bien que le ton de sa voix laissait entendre qu'il était agacé par le retard.

Nous avons roulé en silence jusqu'à la maison de Michelle où, dès notre entrée, on nous a remis un sac de cotillons avec des chapeaux en papier ridicules et d'énormes lunettes de soleil. Le dîner a été amusant, agrémenté de pluies de confettis et de litres de punch maison. L'humeur de Mark s'est améliorée après quelques bières, le transformant à nouveau en un être charmant et bavard. Mais il ne cessait de boire, et j'ai vite commencé à me demander s'il ne tomberait pas dans un coma éthylique des heures avant minuit. La perspective semblait terrible, surtout parce que cela ruinerait mes plans. Heureusement, l'alcool ne semblait pas trop l'affecter et il est resté sobre après le dîner, quand tout le monde a décidé qu'il était temps de déplacer la fête dans une discothèque. Mark a insisté pour conduire sa propre voiture, et j'ai essayé de lui expliquer que ce n'était pas une bonne idée. Cependant, il a rejeté mon opinion, et comme preuve douteuse de sa sobriété, il s'est mis à marcher en ligne droite sur un trottoir. Finalement, un coéquipier de l'équipe de rugby s'est proposé pour tous nous emmener, et nous sommes arrivés sains et saufs au *Chaudron Arc-en-ciel*.

Dès que nous sommes entrés, Michelle et James ont mis exactement trois minutes et quarante-sept secondes à se coller l'un à l'autre comme des moules à un rocher. Je les ai regardés et j'ai souri nerveusement à Mark tandis qu'il m'entraînait sur la piste de danse. L'endroit était kitsch et terriblement bruyant, et le sol était couvert d'une épaisse couche de sciure, stratégiquement distribuée pour absorber les flaques de boissons renversées... et d'autres résidus que je n'ai pas pris la peine d'analyser, car j'étais déjà assez occupée à essayer de ne pas glisser avec mes stupides talons.

Mark a posé une main de chaque côté de ma taille et nous avons commencé à danser. À chaque nouvelle mélodie, il se rapprochait de plus en plus de moi. Son parfum exclusif emplissait l'air, mais mélangé à l'odeur de boisson et de sueur de la salle, il a commencé à me donner la nausée. La pointe de son nez a effleuré le mien, et j'ai maladroitement tourné la tête pour lui laisser de l'espace de manœuvre. J'ai instinctivement entrouvert les lèvres, espérant qu'il prendrait l'initiative. Mais soudain, tout son corps a tressailli et il s'est écarté de moi d'un bond.

— Quoi...? ai-je murmuré, ouvrant les yeux et regardant autour de moi, confuse.

Une blonde très grande, vêtue de l'uniforme noir des serveuses et coiffée d'un serre-tête à LED, avait attrapé Mark par l'arrière de son t-shirt. Son froncement de sourcils indiquait clairement qu'elle ne profitait pas de la fête.

— Toi. Moi. Dehors, a-t-elle grogné furieusement, pointant vers la sortie.

Mark a levé les yeux au ciel et m'a lâchée, offensé.

— Sophie, qu'est-ce que tu veux ?

— Je veux parler, a-t-elle répondu, ignorant complètement ma présence.

— Je n'ai rien à te dire, a répliqué Mark, plissant les yeux. Je ne sais pas si tu l'as remarqué, mais je suis occupé.

— Tes affaires peuvent attendre, à moins que tu ne préfères que je dise tout ce que j'ai à te dire devant celle-là, a rugi la blonde, reconnaissant ma présence pour la première fois.

La mâchoire de Mark s'est crispée de rage contenue, comme s'il était sur le point d'agresser la nouvelle venue.

— D'accord, mais que ça soit rapide, a-t-il finalement répondu, et la blonde l'a sorti du bar sous mes yeux incrédules.

✳✳✳

Abandonnée par Mark de façon inattendue, j'ai cherché Michelle dans la mer sombre de têtes qui m'entourait. Je l'ai trouvée fusionnée avec James, leurs bras et jambes si étroitement enlacés que je n'étais pas sûre de quelle épaule je frappais en essayant d'attirer son attention. Après un bruit de succion désagréable, ses fins sourcils ont émergé des profondeurs du visage de James, et tous deux m'ont regardée avec une évidente frustration.

— Qu'est-ce qui t'arrive ? Où est Mark ? a demandé Michelle, son rouge à lèvres étalé jusqu'aux joues.

— C'est de ça que je voulais te parler... ai-je répondu, hésitante.

Michelle a pincé les lèvres, mais James lui a frotté le dos et a dit :

— Ne t'inquiète pas, ma belle. De toute façon, je devais aller aux toilettes.

— Pourquoi es-tu ici à m'embêter, au lieu d'être collée à Mark Andersson comme une sangsue ? m'a lancé Michelle tandis que son ami disparaissait dans la foule. S'il te plaît, ne me dis pas que vous vous êtes disputés et que je vais devoir passer le reste de la soirée à te consoler.

J'ai ignoré son commentaire, sachant qu'elle en était à son quatrième cocktail.

— Une inconnue s'est approchée de lui et l'a emmené dehors pour parler, lui ai-je expliqué. Je pense que c'était une ex-petite amie.

— Ex signifie que ça appartient au passé, donc je ne vois pas le problème, a répliqué Michelle.

Sa logique était imparable, je devais au moins lui accorder ça.

— Bon... oui, mais... je ne sais pas, elle semblait furieuse. Tu ne trouves pas que c'est un mauvais signe ?

— Le seul mauvais signe que je vois ici, c'est une fille qui n'a toujours pas embrassé son petit ami après trois rendez-vous. C'est un miracle qu'il t'ait supportée aussi longtemps... Tu te rends compte, j'espère, que tu n'es pas sa seule candidate ?

— Oui, mais...

Je n'aurais pas dû parler du baiser à Michelle. Elle ne me comprenait pas et me rendait la vie impossible depuis.

— Écoute, Alba, a dit Michelle, regardant James avec avidité alors qu'il revenait des toilettes, tu dois te détendre un peu. Profite de la vie et embrasse ce gars une bonne fois pour toutes, d'accord ? Ce n'est pas si difficile, je pense que tu en fais toute une montagne. Mark est un bon parti, et si tu ne lui accordes pas un peu d'attention, il s'enfuira et tu ne le reverras plus, comme tous les autres. Et je ne peux pas te promettre que tu en trouveras un meilleur dans un avenir proche.

James a enlacé Michelle et l'a fait tourner sur elle-même, l'éloignant de moi.

— Désolé Alba, mais j'ai besoin de récupérer ma copine. Je te la rendrai plus tard, m'a-t-il dit avec un sourire, et ils ont tous deux disparu de ma vue.

***

Je suis sortie de la discothèque, espérant trouver du réconfort dans les vastes jardins qui entouraient *Le Chaudron Arc-en-ciel*. La végétation était luxuriante, et il y avait de nombreux recoins où l'on pouvait se cacher et disparaître. Malheureusement, la plupart étaient occupés à ce moment-là, à en juger par les gémissements passionnés qui en sortaient. Le jardin, situé derrière le bâtiment, se fondait progressivement avec la forêt environnante, et les propriétaires du lieu avaient décoré la première rangée de sapins avec des lumières et des étoiles de Noël.

J'ai marché distraitement sur un sentier de gravier, laissant derrière moi les jardins et me dirigeant vers la forêt. La musique électronique s'est estompée et la fête est devenue un vague écho lointain. Je n'ai trouvé ni Mark ni la mystérieuse fille blonde, mais ça ne m'importait pas. Il y avait un banc sous un arbre, et je m'y suis assise pour enlever mes chaussures inconfortables et masser mes orteils endoloris par les talons.

J'étais tellement offensée par la façon dont Mark était parti, sans aucune explication, que j'ai mis un bon moment à réaliser que j'avais froid. J'avais oublié mon manteau au vestiaire. Un profond sentiment d'appréhension a commencé à se répandre dans tout mon corps, et j'ai envisagé de partir et de ne plus jamais rappeler Mark. Je pouvais appeler un taxi et rentrer chez moi à l'instant même, si tant est qu'il soit possible d'en trouver un de libre le soir du Nouvel An.

D'un autre côté, je ne voulais pas abandonner Mark comme ça, sans y réfléchir un peu avant. Peut-être n'avait-il rien fait de mal. De plus, ses larges épaules et ses délicieux yeux bleus étaient deux bonnes raisons de lui accorder le bénéfice du doute. Ce n'était pas la faute de Mark si cette fille l'avait abordé au milieu de la fête. Peut-être était-elle frustrée parce que leur relation s'était terminée. Bien que l'idée m'inquiète, j'étais consciente que Mark devait avoir plusieurs ex-petites amies, comme la plupart des gens... ou plutôt, comme la plupart, sauf moi.

J'ai ouvert mon sac et cherché la carte de Noël de ma grand-mère. Je l'avais apportée avec moi pour qu'elle me porte chance pour cette nuit que j'espérais si spéciale.

J'ai lu et relu les mots de mon grand-père, me demandant si, un jour, Mark écrirait quelque chose comme ça pour moi. J'ai ri rien qu'en y pensant. Bien sûr que non. Personne n'écrivait plus de lettres d'amour. Ni Mark ni personne. Les hommes comme mon grand-père s'étaient éteints il y a bien longtemps, tout comme les dinosaures et le rhinocéros blanc. De nos jours, on pouvait s'estimer heureux si on trouvait quelqu'un capable de répondre à un texto. Les lettres manuscrites appartenaient à la préhistoire.

— C'était une autre époque, ai-je murmuré dans la nuit, imaginant la romance dramatique de mes grands-parents en temps de guerre.

Une vague de tristesse et d'affection a bouillonné en moi, si grande qu'elle m'a coupé le souffle. J'ai porté la carte à mes lèvres et l'ai embrassée, laissant deux grosses larmes rondes rouler sur mes joues et éclabousser le sol forestier, comme autant de gouttes de pluie.

Chapitre 8

Clarence

— Pourquoi m'as-tu encore amenée ici ? protesta Francesca lorsque nous atterrîmes au *Chaudron Arc-en-ciel* pour la dixième nuit consécutive. Il est temps de retourner au Cloître. Elizabeth doit grimper aux murs, enfermée dans les catacombes avec Jean-Pierre et son gui pendant que Lillian et Alonso organisent leur propre fête privée sur le divan du coin. Tu m'as fait traîner cet arbre à travers la moitié d'Emberbury... et maintenant tu t'attends à ce que je rate la fête du Nouvel An d'Elizabeth ?

— Bien sûr que non, la rassurai-je en lissant ma redingote tout en cherchant un endroit dans la forêt d'où observer les sorcières. J'ai autant envie que toi de rentrer à la maison. Mais j'ai aussi soif, et c'est un excellent endroit pour trouver un rafraîchissement. De plus, j'espérais que nous pourrions recruter une sorcière de dernière minute pour briser la prophétie. Après tout, il reste encore quelques heures avant minuit. Ce bar est géré par un énorme coven... Je refuse de croire qu'aucune d'entre elles ne soit disposée à coopérer. Après tout, la fin du monde les affectera aussi un peu...

Francesca sourit à ma mention de la prophétie, appuyant la courbe parfaite de son dos contre un arbre. Aucun de nous ne croyait vraiment à ces prédictions sinistres, mais à mesure que minuit approchait, les paroles de ces sorcières de Salem devenaient de plus en plus lourdes et menaçantes dans ma mémoire.

— Tout ce que je sais, c'est que le temps nous est compté, et nous n'avons réussi à en trouver aucune, dit Francesca. Si elles voulaient coopérer, elles nous auraient déjà envoyé un signe. Elles peuvent sentir notre présence, tout comme nous pouvons sentir la leur. Alors je suggère que nous partions et profitions de cette soirée dans un endroit plus accueillant.

— Donne-moi juste deux heures. Nous serons de retour avec Elizabeth et les autres avant minuit. Je veux juste trouver les sorcières et leur offrir notre aide, ou au moins savoir si elles ont réussi à mettre au point ce fichu sort. Et si je n'obtiens rien dans ces deux heures, je te promets que j'abandonnerai et que je ne t'ennuierai plus jamais avec ça.

Francesca rit et secoua la tête, faisant tinter les ornements dans ses cheveux.

— Est-ce moi, mon cher, ou as-tu soudainement peur que la prophétie soit vraie ? me demanda-t-elle. Depuis quand te préoccupes-tu autant de la fin du monde ? N'as-tu pas assez vécu ?

Je soutins son regard, réticent à répondre. J'avais envisagé de mettre fin à mon existence plus de fois que je ne pouvais compter, mais c'était avant. Après plusieurs décennies d'ajustements douloureux, la vie immortelle était devenue étrangement agréable et confortable, et pour le moment, je n'avais aucun intérêt à rencontrer mon créateur, quel qu'il soit.

— Tu sais très bien que les sorcières de Salem nous détestent à mort, poursuivit Francesca. Aucune d'entre elles ne nous donnera d'informations, elles viendront encore moins volontairement avec nous. Bien sûr, nous pourrions en kidnapper une et l'embrasser de force sous ton arbre, mais je doute que cela puisse remplacer le lien de paix qui briserait la prophétie.

Le bruit lointain de pas sur la litière glacée nous alerta de la présence de mortels près de notre cachette. Un humain et une sorcière, pour être exact : l'odeur de ces dernières était impossible à manquer. Je fis un signe à Francesca et elle sauta sur la plus haute branche d'un arbre proche, tandis que je me cachais derrière un autre pour espionner les nouveaux arrivants : avec un peu de chance, ils nous offriraient l'opportunité que nous attendions.

Le couple était plongé dans une discussion animée : c'est probablement pour cela que la sorcière ne remarqua pas notre présence. C'était le genre de dispute qui trouvait généralement une fin passionnée quand il s'agissait de mortels : passionnée, dans le sens le plus large du terme, pouvant basculer vers la haine ou la luxure sans préavis.

— Tu es complètement cinglée, Sophie, cria l'homme en poussant la fille contre le tronc d'un arbre.

La sorcière était une blonde éblouissante avec des mèches brillantes dans les cheveux, et elle ne fut pas du tout perturbée malgré le comportement agressif de son compagnon. Elle grogna comme une bête sauvage et leva les mains au-dessus de sa tête, dans une posture menaçante... encore plus, venant d'une sorcière.

— Tu ignores à qui tu as affaire, Mark, dit-elle. Tu ferais mieux de t'excuser, ici et maintenant. Et que ça soit sincère, ou je te tuerai quand même.

L'homme — Mark — éclata de rire.

— Je n'ai rien dont je doive m'excuser, Sophie.

Je secouai la tête face à son ignorance. Insensé. Évidemment, la blonde avait raison et il n'était pas conscient de ce que cette jeune femme pouvait lui faire si elle se mettait en colère. Ce pauvre homme était dans un sérieux pétrin, et j'eus pitié de lui en imaginant l'issue sombre de leur altercation.

— À genoux, ordonna la sorcière. Maintenant !

L'homme éclata de rire, et la sorcière haussa un sourcil.

— Tu es encore plus stupide que je ne le pensais, lui lança-t-elle.

Elle murmura un sort à voix basse, faisant tomber l'homme au sol avec un bruit sourd, se tenant le ventre et se tordant de douleur.

— Oh, pauvre petit. Tu as mal ? demanda-t-elle, posant ses mains sur le corps recroquevillé de l'homme.

Il gémit, incapable de parler, et elle continua d'une voix doucereuse :

— Crois-moi, cette douleur que tu ressens n'est rien comparée à tout ce que tu m'as fait subir pendant la dernière année. En commençant par tes insultes et tes mensonges, et en finissant par amener cette nouvelle garce dans mon bar pour te bécoter avec elle sous mon nez... Quand pensais-tu me dire que c'était fini entre nous ? Après votre mariage ? Ou attendais-tu de m'offrir votre premier-né en sacrifice humain ?

L'homme se mit à pleurer.

—Sophie ! gémit-il. Sophie, qu'est-ce que c'est ? Qu'est-ce que tu me fais ?

— On dirait un cas grave d'indigestion, répondit-elle avec une grimace. Par hasard, aurais-tu avalé tes propres paroles empoisonnées ?

— Sophie ! supplia-t-il, tendant la main pour lui

agripper la jambe, mais elle l'écarta d'un coup de pied.
Aide-moi, s'il te plaît ! Fais quelque chose !

— Le monde va finir ce soir, alors, je me fiche
que tu saches la vérité, Mark Andersson.

Pendant qu'elle parlait, l'aura magique qui
l'entourait commença à s'affaiblir, consumée par le
puissant sortilège.

— Tu as offensé une sorcière. Une vraie sorcière.
Et maintenant, le moment est venu de payer pour ça.
Nous allons tous mourir ce soir, mais je veux que toi, au
moins, tu souffres un peu avant. Tu ne mérites pas une
mort paisible, après tout ce que tu as fait. Je vais te tuer
lentement, parce que tu l'as bien cherché...

Francesca m'appela d'un doux sifflement que
moi seul pus entendre, et je sus instantanément ce
qu'elle voulait. Cette femme venait de révéler
exactement ce que nous avions besoin de savoir : les
sorcières n'avaient pas été capables de lancer un sort
pour arrêter la prophétie. C'était le moment d'essayer de
les persuader de se joindre à nous... ou de partir et de
profiter de nos dernières heures sur Terre.

Je contemplai le jeune homme prostré sur le sol,
se tordant de douleur à quelques pas de nous. J'aurais pu
attendre que la sorcière en finisse avec lui, mais je
ressentis une compassion inhabituelle pour cet inconnu
: une connexion presque effrayante qui me fit intervenir
avant que sa vie ne se flétrisse sous mes yeux.

Je frappai dans mes mains. La sorcière sursauta
et rompit le sort sans le vouloir, tirant l'homme de sa
misère. Entre-temps, je sortis de ma cachette, confiant
dans le fait que Francesca me couvrait. Le sort avait
consumé la majeure partie du pouvoir de la sorcière, et
j'étais probablement à l'abri de ses tours. Mais il était

toujours prudent d'être vigilant quand on avait affaire à des ensorceleuses. Je pouvais encore voir son aura, bien qu'atténuée et vacillante. Elle aurait besoin de quelques jours pour la reconstituer, surtout après un exploit aussi colossal.

— Excusez mon intrusion, dis-je, en me promenant autour du couple. J'ai entendu par accident la dernière partie de votre conversation et je voudrais discuter d'une affaire urgente avec vous, mademoiselle.

Je m'inclinai devant la jeune sorcière.

— Si vous en avez fini avec ce monsieur, bien sûr.

La sorcière baissa les bras et donna un coup de pied dans les côtes de l'homme. Bien que le sort ait pris fin, l'homme était toujours au sol, le visage couvert de boue et de larmes. Elle renifla l'air et me regarda les yeux plissés, fléchissant les doigts, vérifiant peut-être quelle quantité de magie il lui restait.

— Juste ce qu'il me manquait, grogna-t-elle, regardant sa montre. Que veux-tu, suceur de sang ?

Je clignai des yeux face à son audace. Mes interactions avec les sorcières étaient généralement limitées, car nous avions un pacte tacite pour nous tenir à l'écart de leurs affaires. Elle devait être convaincue que la fin du monde approchait, car une personne osait rarement traiter ainsi un vampire assoiffé.

— S'il vous plaît, permettez-moi de me présenter... dis-je, tandis que Francesca sortait de l'ombre et se postait derrière moi.

— Garde tes présentations chics pour tes bals médiévaux, aboya la sorcière, crachant dans ses mains et les frottant. Je n'ai pas de temps pour ces idioties. Je sais ce que tu es, et c'est plus que suffisant pour moi. Peu m'importe le nom que tu utilises aujourd'hui. Il sera faux, de toute façon.

— Enchanté, soupirai-je, mortifié par son impolitesse. Dans ce cas, mademoiselle, je suppose que vous imaginez ce que je suis venu vous offrir. Nous connaissons la prophétie et les moyens de la briser. Je suis ici pour offrir notre coopération. J'ai pensé que vous pourriez être intéressées.

La sorcière grogna et se défoula en donnant un autre coup de pied au blond. Celui-ci essayait de se relever, mais retomba avec un gémissement.

— Pourquoi devrais-je faire confiance à une sangsue comme toi ?

— Je n'ai aucun intérêt à me nourrir d'une sorcière, lui expliquai-je patiemment.

L'odeur de sorcière était un peu désagréable, et en plus celle-ci avait tant de ressentiment en elle que son sang m'aurait causé des brûlures d'estomac.

— Aimeriez-vous nous accompagner à notre humble résidence pour une charmante fête de fin d'année ?

La femme pencha la tête, haussant les sourcils.

— Tu plaisantes, n'est-ce pas ?

— Non, ma chère, je ne plaisanterais jamais sur des questions aussi importantes.

Un humain normal se serait déjà évanoui de panique... cela me rappela pourquoi nous évitions les sorcières comme la peste.

— Nous pensons simplement qu'il serait bon de maintenir le monde à flot, si pour cela il suffit d'un simple baiser sous un arbre de Noël. Considérez cela comme un petit sacrifice pour le bénéfice de tous.

J'ai tendu ma main vers elle en signe de paix, mais

la sorcière a éclaté de rire, se tenant le ventre.

— Je n'arrive pas à y croire.

Elle avait les larmes aux yeux en parlant.

— Tu ne peux pas être sérieux.

Francesca a levé les yeux au ciel et m'a fait un signe du menton, indiquant le cou de la sorcière. Il était clair qu'elle mourait d'envie de se débarrasser d'elle et de partir d'ici avant que quelqu'un d'autre n'arrive.

— Écoute, mon gars, dit la sorcière, reprenant son calme, tu as peut-être entendu parler de la prophétie, mais tu n'as rien compris. La seule chose qui pourrait défaire cette merde, c'est une véritable alliance. Un baiser d'amour véritable.

Elle a laissé échapper un rire amer.

— N'importe quel baiser ne suffit pas. Tu n'as pas lu les contes de fées ? Et même si je voulais me réveiller vivante demain, je ne pourrais guère ressentir quoi que ce soit pour l'un d'entre vous, ni moi, ni mes sœurs. C'est une cause perdue. Alors adieu et bonne chance.

Sur ces mots, elle a tourné les talons et a commencé à s'éloigner sur le sentier. D'un bond silencieux, je me suis planté devant elle, lui barrant le passage.

— Pardonnez-moi, mademoiselle. Vous avez oublié quelque chose, lui ai-je dit, contenant à peine mon rire.

Ses yeux se sont écarquillés, mais j'avais déjà saisi ses bras et je récitais l'enchantement de l'oubli. Elle a compris ce que j'étais en train de faire, mais n'a pas pu résister : elle avait épuisé toute son énergie à torturer ce pauvre homme.

L'oblivium a fonctionné immédiatement,

effaçant tous les événements récents de sa mémoire. Ses paupières se sont fermées et ses genoux ont cédé tandis qu'elle s'évanouissait dans mes bras. Je l'ai retenue pour qu'elle ne se blesse pas et je l'ai allongée sur un banc proche. Quand elle se réveillerait, peut-être après une heure, elle ne se souviendrait ni de moi, ni de notre conversation.

Pendant ce temps, Francesca s'était agenouillée à côté de l'homme et vérifiait ses signes vitaux.

— Il est vivant, a-t-elle déclaré en haussant les épaules.

— Splendide, ai-je dit, étudiant le jeune homme avec curiosité.

— On y va maintenant ?

J'ai secoué la tête et me suis penché sur Francesca, posant mes mains sur ses épaules délicates.

— Permets-moi de dîner d'abord, ai-je murmuré, embrassant sa nuque, son oreille et la ligne de sa mâchoire.

Elle a frissonné et s'est retournée pour me rendre mon baiser, tenant l'homme d'une de ses mains minuscules tandis que l'autre se glissait significativement sous ma chemise.

Entre-temps, l'homme avait dû se remettre du choc et il s'est mis à se débattre pour se libérer de Francesca. Il ne pouvait probablement pas comprendre comment une personne de si petite taille pouvait avoir autant de force. Il a essayé de donner un coup de pied à celle qui le retenait prisonnier, mais Francesca s'est contentée de rire et lui a tapoté la tête.

— Quel coquin ! a-t-elle commenté, surprise.

— Plus pour longtemps, ai-je chuchoté, mordillant les perles du collier de Francesca une par une.

Je me suis levé à côté de l'homme, étudiant ses traits. Pendant ce temps, il a asséné un coup de poing à Francesca, essayant de s'échapper, mais à nouveau sans succès.

— Pathétique. Un vrai homme n'agresserait jamais une dame, l'ai-je réprimandé, en faisant claquer ma langue.

— Maudits cinglés, a soufflé le mortel. Vous ne pouvez pas me relâcher d'abord et vous bécoter après ?

— Nous le pouvons, et nous le ferons, ai-je expliqué calmement. Dès que nous aurons terminé... l'apéritif.

L'homme s'est débattu contre Francesca avec une adorable persistance, jusqu'à ce que je lui fasse un signe subtil pour qu'elle le libère. Après tout, les proies en mouvement offraient beaucoup plus de divertissement. Le mortel s'est levé d'un bond et s'est mis à courir. J'ai mis à peine quelques secondes à le coincer à nouveau contre le tronc d'un arbre.

— Tu n'as aucune idée de qui est mon père ! m'a-t-il craché, supposant que j'allais le voler.

Une offense impardonnable, compte tenu du fait que je portais mon meilleur nœud papillon en soie.

— Tu vas le regretter, connard !

Je l'ai maintenu contre le tronc et ai plongé mes crocs dans son cou, laissant son sang couler et étancher ma soif. L'homme s'est débattu pendant quelques minutes, jusqu'à ce qu'il abandonne et reste inerte dans mes bras, acceptant son destin comme toutes les victimes finissaient par le faire.

— Clarence.

Le toucher de Francesca sur mon épaule m'a ramené au moment présent.

— Si tu ne le lâches pas bientôt, tu vas le tuer. Et ce serait une corvée de devoir nettoyer tout ça.

J'ai cligné des yeux, ne sachant pas ce qui m'était arrivé. Après deux siècles de pratique, ma maitrise de moi-même était pratiquement parfaite, et je savais reconnaître sans faille le moment adéquat pour m'arrêter.

— Je suis vraiment désolé, ai-je dit, secouant la tête tout en laissant tomber au sol le corps inerte de l'homme. Il y avait quelque chose en lui... je ne saurais t'expliquer... quelque chose de particulier.

Sans Francesca, ce jeune homme serait passé de vie à trépas entre mes mains. Je me suis réprimandé en silence, honteux de cette erreur d'amateur.

— Ne t'inquiète pas. Ce n'est qu'un humain stupide qui a offensé une sorcière.

Francesca a haussé les épaules.

— Je pense qu'il a déjà reçu sa punition. Efface les marques de crocs et fais-lui oublier... et faisons en sorte que cette nuit soit inoubliable pour nous deux, au moins.

Elle m'a lancé un regard sensuel et m'a enlacé.

— Parce que ce sera peut-être la dernière.

Chapitre 9

Alba

J'embrassai une fois de plus la carte de grand-mère, sentant que les braises de ce grand amour du passé se ravivaient à travers le carton jauni. Comme j'aurais aimé pouvoir vivre une histoire d'amour comme celle-là... mais plus j'y pensais, plus je me sentais vide et impuissante. Une telle chose n'arriverait jamais. Cette magie dont je rêvais n'existait pas, et il était absurde de me remplir la tête d'attentes irréalistes.

Abattue, je rangeai à nouveau la carte dans mon sac, ne sachant pas où aller. J'étais dans la forêt depuis un bon moment, mais je n'avais pas envie de retourner à la fête, et encore moins de voir Mark. Je l'imaginais avec cette blonde glamour, Sophie, et cela ne faisait que raviver mon complexe d'infériorité.

Je remis mes chaussures et essayai de me relever, mais mes talons s'enfoncèrent dans la boue, me faisant tomber sur les mains et les genoux. En essayant de me relever, les points que grand-mère avait cousus à la hâte pour ajuster la robe se rompirent. Le vêtement pendait maintenant comme un sac informe sur mes épaules. Je lâchai un juron, secouant la boue du mieux que je pouvais. Je ramassai mon sac et mon téléphone parmi les feuilles mortes et partis de là en soufflant.

Je m'enfonçai dans la forêt environnante. Il n'y

avait personne en vue, mais le sol boueux était couvert d'empreintes : un signe clair des nombreux amants qui s'étaient échappés de la fête, cherchant l'intimité parmi les buissons.

Une silhouette masculine, grande et solitaire, apparut au loin surgissant d'un virage du chemin. J'envisageai la possibilité de faire demi-tour et de m'enfuir en courant : après tout, tomber sur un inconnu ivre, seule au milieu de la forêt, ne figurait pas en tête de ma liste de résolutions du Nouvel An. Juste au moment où j'étais sur le point de fuir, je reconnus la silhouette de Mark et m'arrêtai pour l'attendre.

— Mark ! l'appelai-je.

Qu'avait-il bien pu faire dans la forêt avec cette fille pendant si longtemps ? Je ne pouvais penser qu'à une seule chose, et ce n'était pas particulièrement réjouissant.

— Où étais-tu ?

— Je...

Il se frotta le front d'un air confus.

— À vrai dire, je ne sais pas.

Je remarquai qu'il était pâle et que sa chemise était couverte de boue et de taches, tout comme ma robe. De plus, sa joue montrait des contusions et des égratignures.

— Que t'est-il arrivé ? Où est cette fille ? demandai-je, tendant la main pour vérifier la gravité de ses ecchymoses.

— Quelle fille ?

— Comment ça, quelle fille ?

Je m'efforçai de ne pas avoir l'air hystérique, bien que ce fût difficile.

— Sophie. Tu es parti avec elle. Qu'avez-vous

fait pendant tout ce temps ?

— Sophie ?

Il cligna des yeux, comme s'il ne s'attendait pas à entendre ce nom.

— Blonde, grande ?

— Oui. Cette Sophie. La Sophie en colère qui est venue te chercher pendant qu'on dansait.

— Je ne sais pas du tout de quoi tu parles. Oui, je connais une fille nommée Sophie, mais ça fait des semaines que je ne l'ai pas vue. Je viens de me réveiller là-bas.

Il fit un geste vague, indiquant l'endroit d'où il était sorti.

— Je n'ai aucune idée de la façon dont j'ai fini si loin de la fête.

— Allez, Mark. Ne fais pas l'idiot. Sophie voulait te parler en privé. Pour quoi faire ?

J'observai que ses pupilles étaient dilatées, et je me rappelai combien il avait bu ce soir-là. Son histoire pouvait-elle être vraie ? S'était-il évanoui dans la forêt, oubliant tout ?

Il ferma les yeux une seconde avant de répondre.

— Je ne sais pas qui t'a parlé de Sophie, ou si elle t'a suivie et a commencé à répandre des rumeurs sur moi ; mais ne crois pas un mot de ce que cette femme te raconte. Ça fait des mois qu'elle me menace de rendre publiques des photos compromettantes et je ne sais même pas si elle les a vraiment. Elle sait que mon père est un architecte célèbre, et elle veut nous soutirer de l'argent.

Il secoua la tête.

— Elle est cinglée.

— Je vois, dis-je, en soupesant sa réponse.

Cela semblait être une excuse plausible. Plus ou moins. Il était vrai que Mark venait d'une famille aisée, et Emberbury était une grande ville où l'on pouvait rencontrer toutes sortes de gens, y compris des fous à lier... *particulièrement* des fous à lier.

Je me balançai sur mes talons, me demandant si ce serait une bonne idée de le serrer dans mes bras. Je remarquai une tache de sang sur le col de sa chemise. Elle était plus grande que ce qu'aurait laissé une égratignure : comme si elle avait coulé d'une coupure assez profonde. Je la touchai, et mes doigts devinrent poisseux.

— Comment t'es-tu fait toutes ces blessures ?

Il secoua la tête, l'air confus. Il me regarda dans les yeux, semblant sincère.

— Je ne m'en souviens pas, Alba, je te le jure. Je me suis évanoui. C'est la première fois que ça m'arrive. Je ne suis jamais malade.

— Cette soirée est un désastre.

J'exhalai et me frottai les bras, essayant de me réchauffer.

— Je pense qu'on devrait rentrer à la maison. Je suis épuisée, et tu as trop bu.

— Partir maintenant ? Et manquer le feu d'artifice ?

Il inclina la tête de manière sensuelle et se lécha les lèvres, montrant clairement que ce n'était pas seulement le feu d'artifice qu'il craignait de manquer. Soudain, le sportif énergique que je connaissais refit surface.

— Ah, bien sûr, le feu d'artifice... répétai-je nerveusement, levant les yeux vers le ciel qui brillait d'une étrange lumière bleue. Bon, d'accord. Restons jusqu'à minuit. Mais j'appellerai un taxi pour qu'il vienne me chercher dès que la fête sera terminée.

Chapitre 10

Clarence

Les cheveux de Francesca étaient parsemés de mousse et de feuilles mortes, lui donnant l'apparence d'un esprit éthéré de la forêt. Nue en pleine nature, sa silhouette était un spectacle sublime : une véritable déesse vampirique. Le contact de ses mains était doux là où c'était le plus nécessaire, et intense aux endroits les plus délicieux. Et, bien que ses lèvres se taisent, il n'était pas difficile de deviner que mon corps lui avait manqué.

Son cœur, cependant... son cœur était toujours ailleurs, tout comme le mien. Nous souffrions tous deux de la douleur léguée par des amants perdus il y a bien longtemps. Aucun de nous n'avait réussi à trouver de nouvelles affections pour combler le vide sombre et solitaire laissé par les absents et les défunts. Ou peut-être, juste peut-être, que nous n'avions jamais vraiment voulu le combler.

— Il faut qu'on arrête de faire ça, murmura Francesca.

Ses seins se détachaient, incroyablement blancs, comme des pics enneigés dans la nuit sans lune.

— Ça ne nous mène nulle part. Je crains qu'un jour tu finisses par tomber amoureux de moi, et notre amitié sera ruinée à jamais.

Je souris. Ce fut un sourire faible, d'acceptation.

C'était admirable de voir à quel point elle connaissait bien mes défauts. J'avais toujours été le romantique, enclin à des passions fugaces qui duraient moins que l'éphémère soupir d'un mortel. Mais tomber amoureux de Francesca n'avait jamais fait partie de mes plans. Bien que je la trouve tentante — pas seulement tentante : hypnotique —, et bien que j'apprécie le réconfort qu'elle m'apportait dans les jours les plus sombres, je savais pertinemment qu'elle n'était pas la personne qu'il me fallait, tout comme je n'étais pas la pièce manquante de son puzzle.

— Je suis désolée que ton plan pour convaincre les sorcières ait échoué, murmura-t-elle, mais je crois qu'il est temps pour nous de partir. Il est presque minuit et j'aimerais voir Elizabeth une dernière fois, au cas où la prophétie serait vraie. Je dois lui avouer que c'est moi qui ai égaré ses boucles d'oreilles en diamant en 1966. Sinon, mon âme ne trouvera jamais le repos.

Je la regardai du coin de l'œil, amusé.

— Ton âme ? Quelle âme ?

Elle me donna une tape avec une fausse offense, montrant clairement qu'elle ne prenait toujours pas au sérieux la prémonition des sorcières. Au début, je ne l'avais pas fait non plus, mais à l'approche de minuit, cela devenait de plus en plus réel.

— Bien, acceptai-je, habillons-nous et rentrons à la maison.

— Tourne-toi, s'il te plaît, ordonna-t-elle, en dessinant des cercles dans l'air avec sa main délicate.

Je haussai un sourcil.

— Après cette charmante soirée, tu me demandes vraiment de me tourner ? Ma chère Francesca, es-tu consciente que je connais le nombre et l'emplacement exact de chacun de tes grains de beauté ?

— Clarence, répéta-t-elle avec sévérité, et ses yeux brillèrent d'un ton azur menaçant, j'ai dit tourne-toi : c'était un ordre, pas une suggestion. Cette idylle entre nous prendra fin avec le millénaire, et il en sera ainsi pour le reste de l'éternité. C'est ce qu'il y a de mieux pour nous deux, si nous voulons cohabiter en harmonie. Tu sais qu'il n'y a pas de place pour les sentiments dans une existence comme la nôtre.

— C'est vrai.

J'acquiesçai, abattu, et me penchai sur son corps majestueux pour lui voler un dernier baiser fervent. Elle gémit de plaisir et pressa sa peau nue contre la mienne une fois de plus, pour finalement me repousser d'un coup, laissant échapper un soupir de désir.

— Je sais. Je sais.

Je secouai la tête, essayant de retrouver ma lucidité pour que mes jambes coopèrent et commencent à s'éloigner de ses courbes tentatrices.

— Je t'attendrai dans les jardins.

Chapitre 11

Alba

Il était presque minuit lorsqu'une lueur inhabituellement brillante inonda le ciel, le teintant d'un bleu clair jamais vu qui enveloppait la forêt comme un dais. Mark et moi étions déjà près de la discothèque, nous promenant sans hâte entre les arbres pour retourner à la fête.

— Le feu d'artifice est sur le point de commencer, commentai-je en pointant le doigt vers le ciel.

La pâleur avait quitté ses joues et, à ma grande surprise, il avait même mentionné la possibilité de prendre un autre verre avant minuit. J'espérais que c'était une blague, bien que je n'en sois pas tout à fait sûre.

Mark consulta sa montre et regarda vers les buissons.

— Je crois que j'ai le temps de faire un pipi rapide derrière un arbre, dit-il.

Il mit ses mains dans ses poches, bombant le devant de son jean d'un mouvement brusque et suggestif. Je rougis et acquiesçai de la tête, m'éloignant un peu pour qu'il puisse s'occuper tranquillement de ses affaires.

Pendant que j'attendais le retour de Mark, une sphère indigo rayonnante apparut dans le ciel. Elle s'étendit jusqu'à tout envahir, scintillant comme un impossible soleil bleu. C'était à la fois beau et terrifiant. Je l'observai, plongée dans un état d'hypnose, et sentis une vague de panique secouer tout mon corps. Soudain, je me sentis minuscule, seule sous l'immense ciel nocturne.

C'était cependant un sentiment familier : une amère nostalgie qui m'envahissait habituellement chaque veille de Nouvel An. Et ce n'était pas seulement la fin d'une année, mais aussi la fin d'un millénaire... et la fin d'une étape de ma vie. Ces minutes précédant minuit suintaient, chargées de signification, d'un sentiment profond que je ne pouvais pas encore tout à fait comprendre. Mais je savais qu'elles portaient un message pour moi, même si je ne savais pas le déchiffrer.

La fin de chaque année était aussi généralement accompagnée d'un sentiment de culpabilité choquant. De la culpabilité, et un sentiment d'échec, en pensant à tout ce que je n'avais pas accompli au cours des douze derniers mois.

Mais cette année, j'avais rencontré Mark, n'est-ce pas ? C'était un progrès. Quelque chose de nouveau et d'excitant. Je l'embrasserais au coup de minuit, dans cet endroit charmant et isolé des jardins, sous la cime des grands pins. C'était exactement comme je l'avais rêvé.

Et pourtant, pourquoi me sentais-je toujours ainsi ?

Pourquoi me sentais-je creuse à l'intérieur, vide... désenchantée ?

Je contemplai l'étoile bleue qui envahissait le ciel, et je m'adressai à elle comme si c'était une vieille amie :

— Est-ce mon destin ? Est-ce l'amour dont parlait grand-mère ?

Je fermai les yeux, imaginant ce que serait de

connaître le véritable amour. Je sentis un picotement dans mes mains et mes pieds, et j'imaginai l'étreinte d'un mystérieux inconnu aux yeux grenat, qui m'enveloppait dans ses bras pour me protéger de la froide nuit hivernale. J'imaginai le doux frôlement de ses lèvres contre les miennes. Elles étaient froides et habiles, mais aussi douces et affectueuses. Des doigts froids et invisibles me caressèrent les joues et je soupirai, surprise, sentant leur pression comme s'ils étaient vraiment là.

J'ouvris les yeux.

Il n'y avait personne.

Ni lèvres, ni doigts, ni baisers.

Seulement des flocons de neige.

Des flocons de neige...

Il avait commencé à neiger.

La première neige de la saison, cinq minutes avant minuit.

Je me retournai, debout au milieu du sentier vide qui menait au *Chaudron Arc-en-ciel*. J'essuyai la neige de mon visage, me disant que cette sensation avait dû être causée par une rafale de vent. Je levai les bras, essayant de sentir la brise, mais l'air était calme. Étrange.

La lumière bleue du ciel éclata en mille morceaux, comme des lucioles se dispersant dans le ciel.

Un bruit de feuilles écrasées me tira de ma rêverie, et Mark apparut sur le chemin, remontant la fermeture éclair de son pantalon.

— Juste à temps, dis-je, en attrapant des flocons de neige dans les paumes de mes mains.

J'observai, fascinée, comment ils fondaient et coulaient autour de mes poignets.

La lumière bleue disparut. J'entendis l'écho

lointain des gens, absorbés dans le décompte. Des acclamations retentirent, et une explosion assourdissante annonça le début du feu d'artifice. Le ciel s'illumina, envahi par de brillants arcs-en-ciel qui me rappelèrent des pattes d'araignée sillonnant le firmament.

Les mains solides de Mark m'attirèrent contre lui, et son visage envahit complètement mon champ de vision, cachant les éclats multicolores. Il m'embrassa enfin, cette fois pour de vrai. Maladroitement, je laissai sa langue s'entremêler avec la mienne, dans une lutte absurde que je ne compris pas vraiment.

Mon premier baiser eut lieu alors que le monde entrait dans le nouveau millénaire. Pourtant, je ne le ressentis pas comme le premier. Pour une raison incompréhensible, j'avais l'impression qu'on m'avait déjà embrassée auparavant. Ce devaient être les histoires de ma grand-mère, mêlées à l'excès d'alcool, faisant que ses souvenirs se confondaient avec les miens.

— On devrait se marier, me lança Mark sans prévenir.

La nuit était redevenue silencieuse, et l'odeur de soufre des feux d'artifice persistait encore dans l'air frais.

Je le regardai fixement, abasourdie. Je ne l'avais sûrement pas bien compris.

— Pardon, quoi ?

— Ce que je viens de te dire. Mon père dit qu'il est temps que je me range, et je crois qu'il a raison. Ce serait bien de terminer mes études et de m'installer, avec une fille sérieuse comme toi comme épouse. Qu'en dis-tu ?

— Que tu es ivre.

— Et alors ?

— Il faudrait en parler quand tu seras sobre. On ne se connaît même pas si bien que ça.

Mark haussa les épaules et cracha son chewing-gum par terre. Je grimaçai, car je sentais encore le goût de menthe sur mes propres lèvres.

Cela devait être la demande en mariage la moins romantique de l'histoire de l'humanité. Mais elle venait du garçon le plus populaire de la ville, qui était en plus un sportif d'élite, un riche héritier et un excellent étudiant. Mark Andersson avait un avenir brillant devant lui, et il venait de m'offrir de le partager .

Cependant, je le connaissais à peine depuis deux semaines, et il était complètement ivre, alors je décidai d'ignorer son offre... du moins pour le moment.

Je fouillai dans mon sac, cherchant du réconfort dans la carte de Noël de ma grand-mère. À ma consternation, je ne la trouvai pas. J'avais dû la perdre quand mon sac était tombé par terre.

— Mark, il faut qu'on retourne dans la forêt, dis-je en tirant sur sa manche tout en me dirigeant à nouveau vers les fourrés.

Mark secoua la tête et resta immobile. L'avais-je offensé en ne répondant pas à sa proposition ?

— Je suis gelé, grommela-t-il. J'ai besoin de mon manteau. En plus, nos amis doivent nous chercher. Si on ne revient pas, ils iront à la prochaine fête sans nous.

— Mais j'ai perdu quelque chose d'important dans la forêt, le suppliai-je. J'ai besoin de le récupérer.

— Eh bien, vas-y toute seule, répliqua-t-il. Pendant ce temps, je vais annoncer à James la nouvelle de ma future épouse.

Mark se retourna et partit, me laissant bouche bée comme un poisson hors de l'eau.

Sa future épouse ?

Combien de temps comptait-il insister avec cette blague de mauvais goût ?

Sa future épouse !

Je secouai la tête et rebroussai chemin, essayant de retrouver la route parmi la myriade de sentiers, maintenant recouverts d'un fin manteau de neige.

Je marchai, profitant du silence magique de la nuit enneigée, tandis que la joie du monde résonnait autour de moi, étrangère et lointaine. J'essayai de me rappeler le baiser de Mark, mais seul me revint en mémoire cet orbe bleu dans le ciel, et les flocons de neige qui avaient caressé mes lèvres quelques minutes avant minuit.

Au lieu de me sentir joyeuse, une étrange mélancolie m'envahit. Le rêve était devenu réalité, et un instant après, de simples souvenirs. Mon premier baiser était arrivé et reparti, et appartenait maintenant au passé. Mais quelque chose n'allait pas. Je me demandai ce que cela pouvait être, et la réponse me fut révélée, claire et nette : j'avais beau vouloir chérir ce souvenir, je ne pourrais jamais le faire, car ce premier baiser m'avait semblé être le deuxième.

Chapitre 12

Clarence

Pendant que Francesca s'habillait, je me suis aventuré dans les sapins touffus. Il y avait un banc en pierre le long du chemin, et je m'y suis assis pour l'attendre, me demandant ce qu'il adviendrait de nous, et surtout de ce monde tourmenté, si la prophétie des sorcières se réalisait. Le futur de l'humanité pourrait-il dépendre des capacités de ce misérable sabbat ? Elizabeth croyait en la prédiction. Et moi ? Je n'arrivais pas à me décider. La bonne nouvelle était que je n'avais pas besoin de le faire, car je découvrirais la vérité très bientôt.

Un morceau de papier, à moitié enterré dans les feuilles mortes, attira mon attention. Je me suis penché pour le ramasser, poussé par la curiosité et l'ennui. C'était une carte de Noël, avec des illustrations d'anges. À l'intérieur, quelqu'un avait griffonné une note. Elle semblait vieille, bien que pas autant que moi ; suffisamment ancienne pour appartenir à une génération précédente, avec des coutumes très différentes des coutumes modernes.

« *Chère Cora...* » ai-je lu. Le texte était affectueux et humble. Si ordinaire, si touchant d'humanité. Une nostalgie amère m'a étouffé en constatant que, malgré ma longue existence, je n'avais jamais éprouvé des sentiments si profonds et chaleureux envers quiconque, mortel ou immortel. La tristesse était une mauvaise herbe, obstinée à pousser juste à l'endroit où se trouvait mon cœur. Un cœur qui ne battait que de temps en temps, se moquant de ma faiblesse : le ridicule sentimentalisme auquel j'avais toujours été enclin, malgré mes efforts pour l'enterrer dans les recoins les plus sombres de mon âme.

La lettre avait un parfum reconnaissable entre tous. Elle était imprégnée de l'odeur de sorcière, bien que j'aie remarqué quelque chose de plus que je n'avais pas senti depuis longtemps. De l'amour, probablement. De l'amour humain. De l'amour passionné. Un amour éternel capable de transcender la vie et la mort.

C'est alors qu'une lueur bleue s'est emparée du ciel. Je me suis arrêté pour l'observer, me protégeant les yeux d'une main. Était-ce l'étoile bleu cobalt dont parlait la prophétie ? Tandis que j'observais le ciel, ébloui, je me suis demandé si ce monde que j'avais connu pendant si longtemps était sur le point de se réduire en poussière.

Si c'était le cas, j'acceptais mon destin. J'avais fait tout mon possible pour briser la prophétie. Mais j'avais échoué.

J'ai senti la carte une fois de plus et j'ai embrassé le papier avec nostalgie. Une sensation de chaleur m'a enveloppé en la tenant contre mes lèvres, et une vague de sentiments enfouis a commencé à couler dans mon corps quand son parfum a réveillé des souvenirs réprimés pendant des siècles. Pendant un instant, je me suis permis d'être l'enfant que j'avais été autrefois : le petit Clancy, qui avait eu tant de rêves et d'espoirs. Le petit Clancy, l'enfant, l'adolescent ; le jeune homme qui croyait qu'il vivrait, qu'il aimerait, qu'il aurait un travail honnête et se marierait avec une femme charmante aux cheveux longs et aux yeux malicieux. Quelqu'un avec qui partager ce qu'il cachait au fond de son âme, y compris ces nuances sombres qu'il n'avait jamais révélées à personne, de peur d'être ridiculisé et à nouveau rejeté.

Mais aucun de ces désirs ne m'avait été accordé. En revanche, j'avais reçu le don de l'immortalité sans le demander. Il m'avait été donné d'observer comment le présent s'entrelaçait avec le passé, se transformant en histoire ; mais toujours comme un simple spectateur, guettant depuis ma tanière, tourmenté par une solitude qui rendait fou.

J'ai embrassé la lettre une fois de plus, avant de la laisser retomber sur le sol de la forêt. Comme j'avais été naïf alors. J'ai secoué la tête. Je devais me ressaisir, avant que Francesca ne revienne et ne me trouve dans cet état lamentable.

La carte a touché le sol dans un bruissement presque inaudible et, dans une étrange sérendipité, l'étoile bleue du ciel a éclaté en des milliers de minuscules points de lumière, qui ont scintillé et se sont évanouis en une poignée de poussière magique, comme s'ils n'avaient jamais existé.

Et ainsi, l'étoile bleu cobalt a disparu.

Le silence s'est fait.

La menace avait disparu.

Les sorcières avaient-elles réussi ?

Ou peut-être que la prophétie n'avait jamais été vraie.

Quoi qu'il en soit, quelque chose dans l'atmosphère avait changé, et je pouvais le sentir.

Francesca est revenue, impeccable comme toujours. Elle avait réajusté son corset toute seule, en moins de temps qu'il m'en avait fallu pour le délacer. Elle était redevenue l'épitomé du sang-froid et de l'élégance. Pas un brin d'herbe ne gâchait ses cheveux couleur miel parfaits, à nouveau tressés en un chignon immaculé.

Je l'ai saluée d'un signe de tête, l'invitant à mes côtés. Pendant ce temps, les humains ont commencé leur extravagant spectacle de feux d'artifice, qui menaçait de me percer les tympans et de me brûler les yeux avec des détonations et des éclats de lumière inutiles.

Un couple de mortels est passé à côté de nous, plaisantant et riant tout en courant main dans la main sur le même sentier. L'homme a pris la femme dans ses bras et ils se sont embrassés avec insouciance, tournoyant et dansant tout en quittant la forêt pour rejoindre la fête.

Francesca les a suivis d'un regard affligé. J'ai deviné ses pensées, probablement aussi sombres que les miennes.

— Ça doit être tellement excitant... a-t-elle murmuré, tandis que sa main parcourait mon dos et trouvait refuge dans le creux de mon cou , la façon dont ils aiment... C'est tellement différent, quand on a si peu de temps devant soi. Tout doit être beaucoup plus passionné, beaucoup plus... significatif. Ah, les mortels... ils me font penser à des bougies allumées, toujours à un pas de s'éteindre pour toujours.

J'ai acquiescé d'un signe de tête.

Comme je la comprenais bien.

— La passion humaine est complètement

différente de la nôtre, a-t-elle ajouté, se mettant sur la pointe des pieds pour m'embrasser.

Je lui ai rendu son baiser, me souvenant qu'une fois, il y a longtemps, une vampiresse nommée Anne m'avait appris que ceux de notre espèce ne pouvaient pas se permettre d'aimer à la manière des mortels. À ce moment-là, j'avais refusé de la croire, mais l'expérience avait corroboré la cruelle vérité de ses impitoyables enseignements.

— Crois-tu que nous connaîtrons un jour un amour comme celui-là, Clarence ? a murmuré Francesca.

— Pourquoi ne pas en discuter dans ma suite ? Sans attaches. Sans obligations. Juste deux amis s'aidant mutuellement à surmonter la solitude.

Ses yeux ont brillé d'un accord tacite.

— Mais, si tu veux mon opinion sincère...

J'ai pris une de ses mains entre les paumes des miennes.

— ... non. Je ne le pense pas. Je ne crois pas que toi ou moi n'expérimentions jamais le véritable amour.

Nous sommes retournés au Cloître en volant, entrant ensemble dans le nouveau millénaire. Le monde n'a pas pris fin cette nuit-là, ni nos peines. Mais ce fut une belle nuit, et ce rare sentiment d'amour humain et de nostalgie que j'avais éprouvé dans la forêt est resté avec moi pendant des années. Pendant longtemps, j'ai répété les événements de cette nuit dans mon esprit : c'était mon étincelle secrète d'espoir, qui portait l'illusion que peut-être, un jour, le petit Clancy rencontrerait cette femme aux longs cheveux et aux yeux espiègles qu'il avait vue dans ses rêves. Celle qui l'avait rejoint dans cette forêt et l'avait embrassé : celle qui arrêterait le temps pour lui, tout comme elle avait fait que le monde continue de tourner.

Fin... (mais pas du monde.)

***

Si tu ne sais pas encore ce qui s'est passé après cette nuit magique avec Alba et Clarence, je te le raconte dans le roman La Sorcière Égarée.

Livre 1 – La Sorcière égarée

Et si tu as déjà terminé cette série, je te recommande de continuer avec Iris : Le Sortilège de Sang ou Notes Cachées (tu as les premiers chapitres des deux en tournant la page).

Iris – Le Sortilège du Sang

Un cadeau pour mes lecteurs

Si tu n'es pas encore inscrit(e) à ma newsletter, je t'invite à le faire. **Tu recevras une histoire par chapitres directement dans ta boîte mail** : l'histoire de Thyra et Xander, les amants du temple d'Hadès (L'histoire est **complète et entièrement gratuite !**).

https://sendfox.com/lp/1rw55y

Remerciements

Comme toujours, j'aimerais remercier mes amis écrivains (si vous lisez ceci et vous demandez si c'est vous, oui, c'est probablement le cas). C'était tellement amusant de jongler avec des idées farfelues pour cette histoire, y compris, parmi tant d'autres, ces désodorisants de Noël à l'odeur de sang, modèle MdM - Massacre de Minuit, qui, comme beaucoup d'autres choses, n'ont pas fini par apparaître dans ces pages. Que ferais-je sans vous ? De nombreuses inventions vampiriques étaient l'idée de Mariah, à qui je dois également le titre de cette histoire. Merci.

Mes sincères remerciements à ceux qui ont lu la première version de l'histoire, en particulier Mariah, Wendy, Elizabeth et Allison. Merci de m'avoir convaincue que ce n'était pas fou d'écrire sur le passé commun de Clarence et Francesca.

Et merci à vous de me lire, d'être là et de partager le monde de ces personnages avec moi.

Eva.

À propos de l'auteure

Eva Alton écrit des histoires qui mêlent humour, amour et personnages inoubliables qui restent longtemps dans le cœur des lecteurs. Avec un style alliant le magique et le quotidien, ses œuvres offrent des moments d'évasion, de rire et de réflexion.

Dans ses récits paranormaux, comme les populaires séries **Les Vampires d'Emberbury** ou **Les Sorcières d'Ibiza**, Eva explore des mondes où vampires, sorcières et humains partagent leurs forces et leurs faiblesses, montrant que les véritables monstres ne sont pas toujours ceux que l'on croit. Son talent pour créer des personnages réalistes et des dialogues brillants en fait une auteure incontournable pour les amateurs de fantasy urbaine romantique.

Si vous avez des difficultés à visualiser ce livre ou si vous souhaitez envoyer des commentaires ou des suggestions, vous pouvez contacter l'auteure via les coordonnées suivantes ou la suivre sur les réseaux sociaux.

Si vous laissez un avis ou un commentaire après avoir lu ce livre, **l'auteure vous en sera infiniment reconnaissante.** *Votre opinion est très importante et contribue à faire découvrir ses œuvres à d'autres lecteurs.*

Contactez l'auteure ici :

Instagram : @evaalton
Web : **www.evaalton.com**
Email : eva@evaalton.com

AUTRES LIVRES DE L'AUTEURE :

Les Vampires d'Emberbury :

Livre 1 – La Sorcière égarée
Livre 2 – Le Miroir de la Sorcière
Livre 3 – La Mascarade des Sorcières
Livre 4 – Les Éléments de la Sorcière

Les sorcières d'Ibiza :

- Livre 1 : Iris – Sortilège de Sang
- Livre 2 : Selena - La Lune des Loups
- Livre 3 : Mina - Les Esprits de L'Ombre

www.ingramcontent.com/pod-product-compliance
Lightning Source LLC
Chambersburg PA
CBHW051249160726
47994CB00003B/1083